Bagatelles

花債

邁克

OXFORD
UNIVERSITY PRESS

OXFORD
UNIVERSITY PRESS

Oxford University Press is a department of the University of Oxford.
It furthers the University's objective of excellence in research, scholarship,
and education by publishing worldwide. Oxford is a registered trade mark of
Oxford University Press in the UK and in certain other countries

Published in Hong Kong by
Oxford University Press (China) Limited
39/F, One Kowloon, 1 Wang Yuen Street, Kowloon Bay, Hong Kong

© Oxford University Press (China) Limited

The moral rights of the author have been asserted

First edition published in 2020

花債

邁克

ISBN: 978-019-047480-5

This impression (lowest digit)
1 3 5 7 9 10 8 6 4 2

紀念媽媽

（1932-2020）

目　錄

粉紅色的一生

　　這個鋪位的餐館似乎都做不長，好聽的講法是旺中帶靜，實際上人流疏疏落落，飛來蜢買少見少，必須依賴專誠造訪的顧客支撐。不知道甚麼時候轉手開了家健康風味的越南快餐，樓面乾淨明亮，以即點即煮招徠，望望餐牌價錢還算公道，抱住姑且一試的心情坐下。大概以大學生生意為主，周末本來就小貓三隻四隻，還加上適逢法國人稱為「搭橋」的長周末，大部份居民出城度假去了，僅有的幾個食客不約而同佔據行人道的露天桌子，裏面由我們包全廳。

　　因為空曠，揚聲器流出來的音量特別顯得響，軟綿綿的舊歌經過放大，有點像寂寞的老人家提高嗓子話當年，芝麻綠豆也變得五光十色。所謂能屈能伸，鹽食多了尤其練得出神入化，不要聽見就有本事聽不見——當然身體零件退化也有幫助，輕微耳背從來不是壞事。忽然換上辣辣的節拍，滴滴答答有種擊鼓催花況味，歌者尚未啟齒，我就認得是Grace Jones版本的《粉紅色的

一生》（*La vie en rose*）。哎呀，多久沒聽過了？羅拔阿特曼（Robert Altman）以它作《霓裳風暴》（*Prêt-à-Porter*）片尾曲，應該是最後一次吧，後來上網搜查，影片拍於一九九四，不經不覺已經二十二年。

一九七七那個夏天，三藩市空氣處處有它龍飛鳳舞的簽名，伊蒂皮雅芙（Edith Piaf）的香頌飄洋過海，搶先《周末狂熱》（*Saturday Night Fever*）一步穿上的士高舞鞋，半法半英的歌詞有一句沒一句為男同志毫不設防的溫情穴位進行按摩。我最記得舞池玻璃球一閃一閃，跟着風華正茂的鍾斯小姐邊舞邊唱，分明是 it's him for me and me for him all our lives，「一生一世」故意改成諧音的「噢啦啦」，大大沖淡了山盟海誓同偕到老的原意。尹派越劇《沙漠王子》唱詞有一句「自己的命兒我自己算」，過盡千帆的男主角一開腔，台下如痴如醉，其實我們往往有預測前程的本能，嘴角隨便溜出的原來是終身結果，醒悟時啼笑皆非。

先一年暑假大鄉里首次歐遊，清早飛機在蘇黎世降落，依照旅遊指南介紹投宿修道院經營的旅舍，放下行李一路玩到深宵，「累」字究竟如何寫，一點頭緒也沒有。黃昏到三溫暖洗澡歇腳，馬上結識了熱情的地頭蛇，晚飯後帶去湖畔一間小酒吧消遣。現場有樂手彈鋼琴，賣唱賣得有型有款，地頭蛇點了皮雅芙原唱的《Milord》，附在耳邊細細解釋。再投契，我都沒有考

慮為他改變行程，翌日一早照原定計劃搭火車離開蘇黎世。隔了幾年他來三藩市探我，大家客客氣氣，八四年在香港也見過面，更加疏離了。

當時怎麼想到，有一天會在皮雅芙的家鄉定居，把「噢啦啦」實踐到底呢？巴黎聖母院旁邊那幾棵河津櫻，每年春末都開得錦重重，好色者罔顧花粉敏感症實牙實齒的威脅，總要趁着風和雲淡，立在樹下鑒領花神的好意。知足常樂啊，別人看我孤家寡人一事無成，我卻覺得勉強亦算活了粉紅色的一生。

多年前介紹高人一等的紐約朋友認識J，他沒好氣說：「你喜歡的永遠是同一款男人。」哪有這樣的事？「別爭辯了，A不就是同類型的嗎，還有瑞士那個麥士。」麥士是蘇黎世地頭蛇的名字，我根本忘了他們曾經在三藩市見過，更沒有料到印象如此不可磨滅。俗語說旁觀者清，大概有一定可信性，不過這幾個人確實南轅北轍，唯一共通點，不外殊途同歸化作連感嘆號也懶得尾隨的「噢啦啦」。

鈴蘭和尤里耶夫

認識伍宇烈那天是五月一號。

中介人黃先生，說香港有個新近冒起的編舞者，作品被邀參加巴黎近郊的年度大賽，我第六區那間工作室反正無人居住，是否可以借宿十天八天。朋友的朋友，信譽保證童叟無欺，順便還可以嚐嚐贊助表演藝術的滋味，當然沒問題，於是寄上由戴高樂機場搭B快車出城的路線圖，請素未謀面的他在盧森堡站下車，「千萬記得經車尾出口上地面」。別怪我囉囉嗦嗦，那次魏先生替大導演人肉遞送菲林去康城影展，一大清早途經巴黎約喝咖啡，不知道是我口齒不清抑或他無心裝載，睡眼惺忪從車頭出站，便雙方分別在不同出口苦候半小時。

關於這個車站，笑話還有兩個。人類品種繁複，其中一款俗稱愚蠢金髮美人，關鍵當然不是頭髮顏色，有位肌肉發達頭腦簡單的男性朋友，也由香港出發，按圖索驥來花都和我相會，之所以比預計時間遲了二十分鐘抵達，卻與出錯出口無關，車上的美人到站時起身

擺個萬人迷姿態等開門，不料尊貴的車門沒有為他自動開啟，帶着迷惘的表情，三十秒後隨車風馳電掣駛往下一站。見面大發嬌嗔：「你淨叫我留意前後，又有話要用手按掣開門，我點知嗰！」梨花帶汗我見猶憐。另外就是有一次戶口乾塘，指示海外銀行匯款，表格端端正正填上「盧森堡分行」，隔了兩星期音訊全無，追查之下，發現錢匯到那個叫盧森堡的國家去了，《紅樓夢》第四十六回回目「尷尬人難免尷尬事」，影射的分明是我。

伍宇烈沒有遲到，是我早到，站在公園對過的街角看臨時花販賣鈴蘭，每年五一勞動節法國的特別加插項目——否則我不會把日子記得這麼清楚。淵源一直沒有研究，只知道這天擺檔賣花不需要領牌照，「城管」們絕不干涉，有種門戶大開救贖貧苦的味道。可是一年一度，賺的錢大概剛剛夠買兩個麥當勞巨無霸套餐，這樣的幫補，真令人啼笑皆非。

有沒有順手買一束送給遠方來客已經忘了，只記得放下行李，問他要不要休息一陣，他說不必不必，我就盡地主之誼介紹住所附近何處有超市何處有洗衣店，越講越興奮，乾脆客串飾演嚮導，帶他參觀一個肯定合口味的另類景點。混熟之後，發覺他非常講究禮貌，就算飛十幾個鐘頭長途機累到不成人形，也不會婉拒陌生人的慈悲，以第一流演技維持談笑風生的優美形象，目的

地還要走大半小時才到，想想真不好意思。

雷里耶夫（Rudolf Nureyev）的最後住宅。在塞納河左岸岸邊，過橋直筆可達晚年任職的嘉里耶歌劇院，地址雖然不算秘密，知道的人倒也不多——到了今天，連知道雷里耶夫是何方聖神的人也不多了。在建築物前抬頭觀望之際，恰好大廈有住客出入，我忙忙拉着鴨仔團唯一團員閃身進內，站在中庭又狠狠看了一回。伍先生是過早退休的舞壇王子，當然崇拜二十世紀鋒頭最勁的舞男，要不是行程緊密，相信不會介紹搭一程火車再轉巴士到Sainte Geneviève des Bois的俄羅斯墳場掃墓。後來我替他取了個綽號，叫「尤里耶夫」，就是參觀故居衍生的靈感。

多年後在台北，住在國父紀念館附近某旅館十樓，半夜剛上床忽然地震，雖然從前在三藩市訓練有素，亦不免有點慌亂，定一定神，打開門看看走廊的動靜。隔壁房的住客在做同一動作，遙遙一望，哎呀，竟然是伍先生！不期而遇額外興奮，坐下來聊了半晚，原本打算下樓走難的計劃拋諸九霄雲外，幸好沒有餘震。

前年又在台北撞見。每回訪台，抽得出時間我總到羅斯福路小巷的同志書店打個轉，不一定買書買雜誌，比較接近和早年平權運動抬頭的空氣打招呼。發現巷口開了家精緻小店，賣衣服賣小物還賣咖啡，鎮店之寶是隻美國勞動人民裝工具的傳統帆布袋，我那個是和A在

三藩市市郊一間五金鋪買的，早已不知所終，把玩一輪三心兩意。有人推開玻璃門，哈，又是尤里耶夫，長袖善舞的他工作十分多，好人找他他也接，壞人找他他也接，日本台灣兩頭飛，真箇左右逢源應接不暇。

　　一面翻檢貨物一面聊天，他忽然說：「這裏的東西，統統都像是EW會買的。」我不知道怎麼答才好。EW是我們的共同朋友，數月前急病逝世。

初看和重看

翩娜包殊(Pina Bausch)逝世，不經不覺已經七年了。巴黎城市劇場仍然年年邀請她的孤兒舞團演出，節目表向來掛她名字，今年換上「烏珀塔舞蹈劇場」招牌，教我一陣黯然。

跳千禧年遠赴巴西創作的《水》，首演時認為不怎麼樣，她的旅行系列除了少數作品如《巴勒慕巴勒慕》，我都不特別喜歡，總覺得受人錢財替人消災味道太濃，遊戲人間也還罷了，不可原諒的是馬虎交差。這次重看卻大大改觀，雖然不及西西里的日與夜精彩，伊巴尼瑪海灘的微風倒自有一股俏麗，在不曾浸過鹹水的異鄉人眼中，確實盡了導遊的責任。

或者，是那首源自《黑奧菲爾》(Orfeu Negro)的插曲，把我帶到南洋小島遺失的晚上，以致忽然溫情氾濫吧。電影是十六七歲在新加坡電影協會看的，故事裏的希臘神話成份渾然不覺，只為色彩繽紛的嘉年華傾倒，巴莎露華節拍的音樂深深印在耳膜，到三藩市後念念不

忘，買了原聲帶唱片來聽。同期看的《男歡女愛》(*Un homme et une femle*)新加坡譯《孤男寡女》，其實更吻合劇情，配樂風行一時，插曲之一也是巴莎露華，簡直是巴西的最佳旅遊大使，不動聲色將廣告植入旋律之中。

又或者，因為知道城市劇場即將閉門維修，難免依依不捨，莫名其妙加了感情分。八十年代末第一次進入包殊的世界，就在這個舞台，康城影展後路經巴黎，王姓文藝青年善心大發替我找到一張門票，跳的是《康乃馨》。當天下午借題發揮去Agnes b總店買了件黑色的麻質外套，興高彩烈參與其盛，後來回到香港嫌衣袖略長，拿給裁縫改，結果剪得太短，再也不能穿，心痛筆墨難以形容。

直到十多年前，城市劇場營運依然非常隨和，氣氛接近法國人所謂的baba-cool，等於我們口中業已人間蒸發的「嬉皮士作風」，院方歡迎座位欠佳的觀眾臨開場自動換位，畏高者乾脆省下爬山入座的氣力，站在前台一旁等空位，如果插針不入，一屁股坐在甬道的梯級上，帶位員完全不介意。中場休息不檢票，我試過出去帶領買不到票的朋友打戲釘，雖然只看下半場，一樣滿心歡喜。改朝換代後規矩也改了，嚴禁席地而坐，說是有違消防條例，不過照舊鼓勵高山族往前遷移，貫徹一種「有福同享」的波希米亞特質。

《康乃馨》二零一一年在尖沙咀文化中心重看。原

本打算看一場，不知道誰多了一張票，問來問去無人認領，於是尾場又看一次。燈光暗下去了，後一排及時趕到的兩個人迅速入座，經過背後輕輕打招呼，回頭一望，是W和她的兒子，戴着口罩，幾乎認不出來。散場匆匆講兩句，因為要送小朋友回家，當然不考慮和我們宵夜。再也沒有想到，那是我和她的最後一面。

　　九三年尚未在亞洲打響名堂的包殊赴港演出《1980》，主辦當局為了宣傳，開鑼前的下午在文化中心鄭重招待記者，甚少應酬的編舞家從善如流作出短短介紹，跟着就請大家參觀鋪在台上的草皮。那次也碰到W，她感到意外因為我老老實實不屬於報界，我感到意外因為不知道她對舞蹈有興趣，相請永遠不如偶遇，過對面男青年會咖啡座聊了半天。啊，時間到甚麼地方去了？正如*Fairport Convention*那首歌所唱的，誰知道呢。

善心女子

習慣了在巴黎城市劇場和翩娜包殊見面，偶爾換換場地，總有耳目一新之感。譬如本季第二砲《在山上聽到呼喊》搬到撒特里，我坐在樓下左側，斜斜望着舞台，就有點不知今夕何夕，迷迷糊糊想起第一次進這家古老劇院看演出的往事。

劇目是湯韋斯(Tom Waits)作曲填詞、羅拔威爾遜(Robert Wilson)導演的《黑騎士》(Black Rider)，印象中時維一九八八年，但上網搜索，白字黑字寫明一九九零首演。那時和電影節簽的是一年期部頭合約，每年任期只有十個月，條件的刻薄一般工友聞之髮指，只有我這種不識時務的怪胎認為正中下懷，五月出差康城影展後順勢留在歐洲度假，九月初出席過威尼斯影展，才施施然飛回香港正式開工。那兩個月當然沒有薪水，頭腦正常的上班族必然產生坐食山空的焦慮，但我寧願安安樂樂東遊西蕩，安慰自己來回機票公家負責，已經算賺到。第一年選擇翡冷翠，住在一間南洋朋友介紹的小公

寓，用現在時髦的說法，等於Airbnb。房東是個年輕意大利男子，打理正式旅館之外兼營副業，不但算盤打得精刮，還非常有人情味，每年聖誕我都收到他寄來的賀卡，收了起碼五六年。

跟着一年去了巴塞隆拿，天天不是高第的建築就是Antoni Tapies的畫，玩得十分開心，起行前接獲當地治安很壞的警告，幸好出入大吉大利——亞洲遊客尚未被大陸土豪拖累成打搶目標，況且我從來沒有穿金戴銀嗜好，由朝到晚灰頭土面踢一對白飯魚，賊佬見狀繞道而行。再後來幾年，空閒時間全花在觀摩小型電影節，瑞士盧卡洛，蘇格蘭愛丁堡，俄國莫斯科，也就是說免費為人民服務。

其中一站是慕尼黑，否則不會結識一位來頭頗為神秘的女士——為了行文方便，不妨稱她N女士，並非為存厚道姑隱其名，真相是我一直搞不清楚她的名和姓。從前在三藩市報館工作，也有類似的「艷遇」，那一位是台灣人，以文化推廣員自居，主動約我聊天，極力推介蕭麗紅小說，我懷疑她是身負統戰任務的特工，很為榮幸成為拉攏目標感到飄飄然。不過邀請赴台觀光與文化人交流的空頭支票當然不敢接納，否則今天和龍應台稱姐道弟的就可能是我了，哈哈哈。

N女士倒不是空口說白話，領我參觀過一個不知道甚麼電影基金會，可惜吐出來的英語德國口音越講越

濃，一頓飯下來，聽得我眼冒金星。道別時我說將會去巴黎，她興高采烈答：「太好了，我們一個劇團去演出。撒特里劇院，你一定要來找我，請你看戲。」得知是湯韋特的搞作，輪到我興致勃勃，立即一口答應。

這些替影展效勞的善心女子，我最懷念康城的哉絲。貪慕虛榮的圈外人，總以為法國南部的春季交易會是影迷嘉年華，海灘穿來插往都是熱情奔放的電影明星，遠遠望見來自東方的貴賓，箭步上前勾肩搭背。他們不能想像，名利場沒有最涼薄只有更涼薄，豺狼虎豹個個目光如炬，放映室門口的守衛員尤其勢利，老實不客氣把所有輪候進場的記者影評人當做乞兒。抵埠後在接待室辦登記手續，可以是個大力摑自己也醒不來的噩夢，第一年參與其盛我就領教過厲害，見過鬼怕黑，視之若畏途。但是翌年奇蹟出現了，負責招呼的是位美國少女，大家同聲同氣已覺三分親，一次生兩次熟，讓我醒悟朝中有人好辦事這種封建風味的古訓，原來放諸四海皆準。

哉絲住在蒙馬特，有一年散節後我上巴黎，喝完下午茶去她家坐了一陣。多年後看《吸血新世紀》（*Twilight*），馬上覺得飾演貝拉的姬絲汀史釗活（Kristen Stewart）眼熟 —— 哉絲沒有她修長漂亮，但爽朗如出一轍。那麼年輕，嗓子已經有點破了，香煙抽得多，果然立竿見影。

水浸羅浮宮

物離鄉貴人離鄉賤，這是大家的共識，其實再往下數，天災人禍在境內和境外通常也有截然不同的待遇——別誤會，並非借題發揮，指強權政府封鎖新聞，企圖隻手遮天阻止家醜流進國際，或者當自己的老百姓是小綿羊，不讓他們與外面的世界自由接軌，而是記者往往有加鹽加醋習慣，小事化大大事化更大，務必達成搶眼球的神聖任務。譬如這個星期，不停接到親朋戚友深切慰問，勤於上網或閱報的他們，都以為住在巴黎市中心的我面臨周身濕透絕境，出入乾脆只穿一條泳褲，由住所樓下游到數街之遙的超市購買每日用糧，麵包紅酒統統安置在頭殼頂，保持美妙平衡以漂亮的蛙式運回蝸居。

當然我也必須負起部份散播謠言的責任。早在十多天前撐着雨傘漫步去撒特里劇院看翩娜包殊，過橋時就覺得塞納河灰濛濛的水不但漲而且出奇急，拿出手機拍了幾張照片，半開玩笑警告即將起程赴花都度假的何小

姐。幾日後再經過，水位又再高升，這回不但河畔行人道全部沒頂，連通車道也完全失去蹤跡，嘖嘖稱奇之餘不忘圖文並茂忠實報導，將淡淡的焦慮貼上社交平台。

當天專誠去羅浮宮打轉，因為聽聞玻璃金字塔特邀裝置藝術家滾搞，貼上了背景建築物的實物原大黑白相片，施展歐洲人最樂此不疲的「掩眼法」──書讀得少，不曉得美術史上著名的trompe-l'œil有沒有中文定譯，只好馬馬虎虎胡謅湊數。雖然前度已經以權威口吻告訴過我，裝置只得這麼一截，站在外面遠眺就得了，不過既然一場去到，側門又沒有輪候的遊客，不信邪的我樂得內進看看。哈，人家着力製造的正是平面效果，背後果然空空如也，不知道基於安檢抑或疏通人流，還要走到購物中心另一頭才有出口，兜一兜用了約莫半小時，簡直白白浪費腳骨力。

隔了不到二十四小時，羅浮宮便關閉了。哎呀我的天，假如洪水真的氾濫，浸過蒙娜麗莎的眼眉，我豈不是冥冥中舉行了告別儀式？那年全球盛傳瑪雅人末日預言，日曆用紅筆圈起的一天，我忽然福至心靈，進這座堆積西方文明的宮殿惘惘走了一圈：不怕一萬只怕萬一，搭火箭到其他星球避難太奢侈，以豐富的最後晚餐劃上休止符，起碼對得起自己。請勿笑我矯情，我就不信那天你沒有為可能的毀滅作過一點打算。

第一次見到羅浮宮，應該是在銀幕上。不不，不

是柯德莉夏萍（Audrey Hepburn）展覽高檔時裝的《甜姐兒》（Funny Face），那時年紀太小，連最簡單的愛情故事也看不懂。是高達（Jean-Luc Godard）的《法外之徒》（Bande à part），三個無聊的青年為了打發時間，決定挑戰三藩市飛人占米約翰遜以九分四十五秒閃遊羅浮宮的紀錄，你追我趕跑出了新浪潮的經典場面。我一直懷疑外景隊根本沒有申請准證，拿起手提攝影機就即興拍攝，那個出手攔截反斗星的護衛員演技之所以如此精湛，因為真的在履行職責。電影十分好看，一定有痴心影迷東施效顰，複製戲中人飛奔的英姿，我不是缺乏衝動，而是苦於沒有共同競跑的夥伴，並且搞不清楚路線——東南西北樓上樓下，怎樣才算由頭到尾兜一圈？我甚至不記得，貝聿銘將透明埃及地標安置在館中央之前，門口究竟在甚麼地方。

　　水浸羅浮宮的驚險情節，到底沒有如期上演。前度曾經在藏品維修部上班，不止一次提過塞納河決堤的隱憂，一九一零年大水災的烙印有圖為證，巴黎再次變成威尼斯的威脅絕不是無中生有。我聽着眼睛越睜越大：明明知道地理環境有先天缺陷，怎麼還把倉庫設在地窖？他聳聳肩。親愛的讀者，這就是浪漫的法國人。

流動的盛宴

　　我是個很壞的導遊，逼不得已客串帶街，只挑自己感興趣的地方去，雖然不至於強逼麾下團員違反意願消費，遠方來客認為寶貴旅行時間慘被浪費則恐怕免不了。這天從善如流破例參觀一家從未光顧的時尚店鋪，主要因為好奇：七八年前啟業時讀到鋪天蓋地的報導，對它的招牌Merci很不以為然，不諳法語的目標顧客就算能夠琅琅上口，畢竟有欠大方，於是自作聰明替它批命，預言生意一定做不起來。誰料眼鏡跌到不清不楚，人家不但客似雲來，口碑還一枝獨秀，本地人吐出那個名字絕對不帶「謝謝你不必客氣」的貶義，遊客更把它當作五星地標，寧願不去仰望艾菲爾鐵塔，也要來這裏進貢血汗錢。

　　摩登名詞「概念店」實在矯情，明明是物質的買賣，冠上抽象名銜跡近自鳴清高，帶頭走這條路線的應該是第一區的Colette，潮人趨之若鶩，我一點也看不出吸引力隱藏在哪個角落。說出來不可思議，九十年代初

剛剛在巴黎落腳那幾年，我曾經不知天高地厚，定期為香港雜誌介紹當地熱門景點，自視為潮流先頭部隊的另類探子，以身作則尋幽訪勝。Colette火紅火綠，自然不可不提，兜了兩圈實在乏善可陳，幸好發現地窖有個別開生面的水吧，專賣來自世界各地的礦泉水，總算找到可以衷心讚美的亮點。雪洞似的環境最適宜消暑，我體內的妙玉馬上現形，二話不說把花神咖啡座的下午茶搬到這裏，幻想自己有情飲水飽，可惜好景不常，很快就淪陷了，稀奇古怪的購物精前呼後擁進佔，清靜蕩然無存。

Merci賣的比較接近「生活方式」，家居用品和傢俱部門尤其教人想起總店設在倫敦的Conran Shop，東翻翻西摸摸，竟然樂趣無窮。歇腳茶座之一佈置成二手書店，也真是法國人才懂得經營的風情，坐在書架前托腮沉思，明明在考慮買不買那對標價太高的涼鞋，也像為存在主義搜索枯腸，如果拿出隨身筆記簿塗幾行字，簡直就是再世為人的沙特（Jean-Paul Sartre）或者西蒙狄波娃（Simone de Beauvoir）。

繁華是沒有固定位置的，海明威如果在二十一世紀寫《流動的盛宴》，場景應該不會局限在拉丁區。就說美術館吧，龐比度中心領過風騷，勢利的聚光燈便照向羅浮宮的玻璃金字塔，改建棄置火車站的奧賽躍上龍門之後，輪到Jean Nouvel的卡迪亞基金會大出鋒頭。今天

的寵兒，當然是座落布朗尼亞森林的路易威登基金會，借用最近《大公報》抹黑何韻詩的比喻，法蘭克葛利（Frank Gehry）設計的這艘，肯定是航空母艦不是舢舨。趨炎附勢的我，自開幕那天就極力向不恥下問的訪客推薦，不惜一陪二陪三陪，誠意分享巴黎人引以為傲的最新建築奇景。上星期不厭其煩故技重施，自動獻身帶領風塵僕僕的何小姐作半日遊，為的是Daniel Buren新鮮熱辣的裝置藝術，原本透明的風帆外殼，被他大筆一揮添上艷麗色彩，趁住陽光普照的好天氣，樂得一石二鳥。

說起來，布蘭先生在皇家宮殿空地擺設的斷柱，我初到貴境時也是時興景點哩，迄今仍有不少遊客以崇拜古希臘遺跡的熱情，站在上面搔首弄姿，拍了照片當作某某到此一遊的見證，年近八旬居然又再創出耀眼生輝的作品，不知道算不算行老運。遠遠眺望，他愛用的光亮顏色瀰漫馬戲班氣氛，就像以伊士曼七彩菲林重拍費里尼（Federico Fellini）的《露滴牡丹開》（*La Dolce Vita*）最後一場戲，雖然趣緻，不很合我胃口。上到天台看見大紅大橙大藍投影在建築物外牆，卻又衷心喜歡：據說老年人嗜甜，過盡千帆的味蕾返璞歸真，興高采烈把童年再活一次，看來是真的。

文化湯及其他

　　後來應該還來過的，但沒有任何印象，第一次之所以記得那麼清楚，也並非因為是第一次，而是因為用餐時手舞足蹈，樂極生悲不小心打翻一杯紅酒，弄髒了自己身上的衣服。彷彿聽人說過，清除布料上紅酒漬的最佳辦法，是狠狠倒白酒上去，立即有負負得正的神奇效果，我當然缺乏表演魔術的勇氣，匆匆跑進洗手間胡亂用水沖沖就算數。大概不足以構成災難——那些年一天到晚穿黑色，潑甚麼上去都沒有顯著污痕。

　　飯後還若無其事到對面的同志夜店Palace跳舞。那次是招呼紐約朋友K，身高六呎四吋的他所向披靡，不論在任何地方出現都成為焦點，我們一進場，就被矮他兩個頭的亞男盯上，一如所料神女有心襄王無意，夏夜蚊子一樣圍在身邊飛來飛去，殷勤盡獻徒勞無功。臨走死心不息，塞過去寫着電話號碼的小字條，K禮貌收下，待人家一轉頭就扔掉了。故事竟然有餘韻：幾年後畫家張先生大排筵席，座上客駭然包括這位吃不到天鵝肉的

蚊子，幸好他完全不認得我，我也提都沒提。

這次也是款待遠方來客。訂了票看演出，小劇場在附近，否則根本不會考慮光顧，每冊旅遊指南都有它的地址，自命高貴的導遊覺得交行貨有損聲譽。既來之則安之，簡略介紹悠久歷史免不了，當然不忘指出從前熟客放餐巾的木抽屜，像老式藥材鋪藥箱，名字寫得一清二楚，包管甲昨天留下的油漬今天不會擦在乙的唇邊。如此不衛生的規矩，一早已經廢除，有趣的是保留了點菜時侍者把客人選擇寫在餐枱紙的習慣，結賬伏低身加加減減，龍飛鳳舞筆劃潦草，他說總數是多少就是多少，無從得知有沒有計錯數。

店號定位既不是bistro也不是brasserie，而是更冷門的bouillon，今時今日市內幾乎絕無僅有。直譯「清湯」，教人想起英美救濟窮人的飯堂soup kitchen，可見出身之寒微。不學無術的我熟悉這個字，都拜初來巴黎時一個常看的電視節目《Bouillon de culture》所賜，這碗《文化湯》一星期一劑，主播是鼎鼎大名的Bernard Pivot，此人不但在法國家喻戶曉，被奉為讀書界指南針，國際聲望也很高，名字連不諳法文的知識份子亦耳熟能詳，剛剛認識小思老師，她就馬上問我有沒有定期收看。全盛期主持的《Apostrophes》據說非常益智，可惜我來得太遲，《文化湯》卻有種倚老賣老的江湖味，向來不屑聽權威訓話的超齡反叛青年只覺聞名不如見面。有一輯以

中國作者為主題，尤其慘不忍睹，人名唸得五音不全，隨隨便便打開譯本讀幾句敷衍交差，我一面看一面罵，男友的民族自尊被冒犯了，黑口黑面說道：「吵甚麼吵，不喜歡看就不要看！」

另一個文化節目主播叫Bernard Rapp，名氣沒有老行尊大，態度誠懇得多。這個賓納後來轉行當電影導演，拍了沒有兩部就去世了，才六十出頭。Jean-Luc Delarue死得更年輕，那時他被捧為明日之星，鋒頭十分勁，緋聞經常登上八卦周刊，有一張照片穿件白色浴袍，整個胸都是濃毛，平日根本看不出。走紅後醜聞一宗接一宗，神神化化機艙鬧事，被揭發酗酒之外濫藥成癮，電視台即席炒魷。聽到死訊嚇一跳，因為不知道他生病，這才恍然大悟：怪不得後期的照片老見他瑟瑟縮縮穿厚大衣戴冷帽，又矮又瘦，比意氣風發時細了至少兩碼。

我最喜歡的是主持深宵音樂節目《Taratata》的Nagui，原籍埃及，皮膚偏棕，大鼻子大眼睛大嘴巴，令人禁不住幻想渾身上下無一不大。微微沙啞的嗓子性感極了，英語講得噼嚦啪嘞，訪問英美歌手一腳踢即場翻譯，並且不忘調情說笑，迄今無人能出其右。還有一個不定期的Frédéric Mitterrand，是米特朗總統的侄兒，明星特輯做得深入淺出，資料齊全含情脈脈，完全痴心影迷格局，簽名式的「晚安」鼻音濃濁，傳為一時笑柄。

奇怪，我一直標榜自己不看電視的……

生薑和西瓜

　　起程去東京前，隨手整理了一下廚房。好日不舉灶的關係，過期食物不多，那樽麻油可能尚未至於變質，但太久沒有下麵，瓶口微微積着灰塵，實在有礙觀瞻，想也不想就扔進垃圾桶。旁邊有個白色小膠袋，裝的似乎是吃剩的餅乾，打開一看，卻是塊生薑。咦，既不煎又不炒，家中何來此物？枯腸搜索一輪，終於找到答案：大半年前咳嗽，醫生開的藥水喝過好了五六成，但是纏纏綿綿總不斷尾，正方如川貝枇杷膏偏方如鹽燉橙一一試驗，仍然時好時壞，有一晚到張畫家府上吃飯，他二話不說用水煮了個羅漢果，竟然立竿見影，整晚天南地北滔滔不絕，氣管幾乎沒有作反。臨別塞兩個存貨給我，並且囑咐「最好加片薑」，我深知這些土產物離鄉貴，要手擰頭百般推辭，奈何他一定要我收下，盛情既然難卻，一不做二不休，翌日言聽計從去超市購買號稱百辣雲的草本植物，以免辜負贈藥者一番好意。

　　切了兩片束之高閣，忘得一乾二淨。陳年老薑，連

看門口的功能亦欠奉，不是廢物是甚麼，正想送它進最後歸宿，忽然發現左右兩端各自萌長幼芽，不由得一怔。困在密不透風的膠袋裏起碼七八個月，生命力怎會如此頑強，逆境中默默掙扎着，兵分兩路企圖活出另一個春天？憐憫油然而生，於是從架上拿下一隻瓷碗，注入幾分清水，把它安置在內。不敢指望它會天天向上，綠拇指是天生的，我一向沒有，小時候家裏前園栽花後園種果，唯一的記憶是拾起鳳凰木墜落的花蕾浸水，第二天開出艷熾熾的大花，泥土完全引不起好奇。後來在三藩市與A同住，他為屋子後有片土地莫名興奮，問准了房東，翻土挖石澆水種草，在一角開闢小菜園，我偶爾的幫忙只能算是應酬──你別以為美國俚語沒有「坐享其成」，肢體語言發放的蔑視才厲害哩，連失聰人士也如雷貫耳。

從東京回來，半碗水吸乾了，一兩吋高的芽開始抽葉，那種初生的翠綠非常清麗，觀察半天愛不釋手，這才誠心誠意供奉起來。放在廚房窗邊，每天早上起來加點水，打開窗讓它呼吸新鮮空氣，一陣淡淡的辛味幽幽升起，像是笑口盈盈説謝謝。千萬別誤會，吃了豹子膽我也不敢自比賈寶玉，林妹妹糾纏不清的還淚尤其害怕，只不過希望成全它爭取生存權利的志氣，它盡它的本份，我也盡我的本份，各自修行兩不拖欠，一如三四年前米可諾斯短暫的西瓜故事。

希臘小島類似的住所並不罕見，圍牆內散佈兩層高度假屋，單位面積不大，勝在門戶自立，我們租住的一間特別清靜，打開落地玻璃窗是個剛剛擺得下一張小桌的私人花園，坐在那裏早餐或晚餐舒服極了。夏天沒有甚麼比吃西瓜愜意，街角小市場有得賣，劃開可以吃兩三天，冰凍之後更加美味。種子扔在身旁泥地裏，有一天從海灘回來，晾起洗淨的衣物，忽然見到土中冒出一排雙葉嫩芽，連忙蹲下細看。此後日夜留心，簡直比觀賞魔術表演更有趣，一個多禮拜的時間，長得非常快，令人想起「生命的奧秘」之類抽象的形容。臨走的一天如常澆水，滿心依依不捨，那裏來來往往的貓很多，家貓野貓都有，撒泡尿磨磨爪，初生的植物凶多吉少。可是有甚麼辦法呢？

第二年再去，一如所料影蹤全無。還是其實活到冬季，完成了份內的循環？

生薑越長越高，恐怕單單靠水不夠營養，況且另一個夏天假期又要開始了，一碗水無論如何不能維持兩星期，不得不考慮更長遠的計劃。「入土為安」指的，倒不一定是終結。

最好的時光

今年巴黎的同志遊行如常錯過了。星期六傍晚拖着行李從西班牙回家的時候，露天派對應該仍然在巴士的廣場進行中，我們這區水盡鵝飛——聽說遊行路線破例更改，往年必經聖米修大道，有幾次甚至以盧森堡公園前的噴水池為起步點，龍尾轉入聖日爾曼大道浩浩蕩蕩向右岸進發，街上總留下五彩繽紛的紙碎。有一年大廈門房D太太興奮告訴我，她去了街口趁熱鬧，言下有曲線表白「我支持你們」的意味，法國人一般講究含蓄，除了上電視清談節目，不作興兜口兜面討論性取向的，我只好本着以和為貴的原則禮貌應酬兩句，不敢唱反調說自己早就超越搖旗吶喊的階段。

D太太顴眉精眼企，九十年代末我們剛搬來，她便趁交遞郵件之便輕描淡寫對我說：「先前三樓有兩位先生，人品非常好，可惜其中一位得病去世，另外一位後來搬走了。」當然是表示見怪不怪，絕對沒有排斥同性戀者的意味，我馬上想起住第十六區時常常光顧的糕餅

店，混熟後負責收銀的胖嬸嬸笑口盈盈打招呼，問完「你好嗎」不忘加一句「另外那位先生也好嗎」，簡直異曲同工。

翌日經過索邦大學附近的Gap，見到門口豎立一張彩虹色打底告示，停下來細看：「自一九六九年於三藩市開設第一家Gap店鋪開始，敝機構向來慶頌僱員及顧客的獨特和多元，我們的基本價值觀，是對所有工作人員及購物者持平等、尊貴和敬重態度。Gap支持同志自豪周。」哈，這倒並非看風使悝的自吹自擂，他們應該是最早實踐一視同仁的大公司，遠在「同志友善」這名詞尚未廣泛成為順口溜之前，已經不動聲色融入營運方式裏。

那家位於三藩市孖結街的Gap總店以前很喜歡瀏覽，雖然屬於搞搞震冇幫襯性質，勉強可稱熟客仔，站在減價部門翻來翻去，自有一番尋寶的樂趣。近年添置衣物的手勢比較寬鬆，屢遭壞心腸朋友賜贈購物狂名號，他們恐怕不能想像，我的三藩市歲月十分節制，不要說閒日，連過年過節也懶得行公司。衣櫃裏有一件淡粉紅的Lacoste短袖polo一條米白色油漆工人帆布褲，已經心滿意足，虛榮同志趨之若鶩的美詩百貨，在我眼中等同先施永安，真正潮人不屑一顧。Gap勝在青春氣息濃郁，但是講到有型有款，則不及二手故衣店和軍隊剩餘物資店——後者是應運而生的越戰副產品，我曾經在

店中找到一條草綠色的軍褲，闊身束腳，效果接近《天方夜譚》的燈籠褲，套在基佬身上頗具迎風擺柳妖態，一見愛不釋手，不知道雄赳赳的大兵穿上戰場打仗是甚麼模樣。

那幾年每年六月都參加同志遊行。全名同志自由周遊行，八九十年代才改為同志自豪遊行，最近網上不以為然的保守派發偉論，「憑甚麼只有同性戀者遊行，何不搞個異性戀者遊行抗衡一下」，智者立即曉以大義，「遊行的起因不是嬉戲而是爭取平等，親愛的直男直女應該慶幸自己毋庸操勞就可享受份內的權益」，真是一語中的。如今回望，才醒悟當年陰差陽錯趕上了最好的時光，六八年嬉皮士「愛的夏季」交匯六九年石牆起義，七十年代初的美國不折不扣明亮燦爛，交友尋根自由自在，站在卡斯特羅街東遊西蕩，還親眼見證彩虹旗的誕生。窮得只有快樂，明天永遠取之不竭，銀行戶口乾塘，我心生一計製作彩色影印明信片，拿到街坊小店寄賣，居然餐搵餐食餐餐有。系列叫A Light Enough Card，偷自柯翰(Leonard Cohen)的歌詞：It's light, light enough to let it go。輕得可以放棄，多麼瀟灑美麗的願望。

B先生顯靈

直到幾個月前才發現處所附近有家二手英文書店。樓面光亮整潔，既沒有灰塵也不聞故紙酸霉味，和一般同類店鋪大異其趣，乍見以為啟業不久，正想恭喜他們新張大吉，一問，原來已有數年歷史，雖然座落比較僻靜的橫街，我時不時都經過的，奇怪向來沒有留意。店主一望而知是個美國女同志，外貌裝扮走k.d.lang路線，不過沒那麼珠圓玉潤，不由得泛起他鄉遇故知之感——八十年代初在三藩市，有一個時候經濟拮据到接近恐慌田地，馬死落地行，經交遊廣闊的拖友介紹去卡斯特羅外圍一間影印店打工幫補家用，全女班的同事，幾乎個個都是這一系列。

聊了兩句，她忽然說該晚店裏有詩歌朗誦，歡迎蒞臨多多指教，我唯唯諾諾道謝，「有時間一定來」，找個藉口逃之夭夭。天可憐見，那款深奧的文學形式我一直不得其門而入，遇上李白李商隱似懂非懂，面對濟慈更加如墮五里霧，年輕時天真無邪，以為有同志之誼的

31

藍波和惠特曼比較容易親近，結果打開他們的著作一樣立即淪為文盲，慧根沒有就是沒有，從此聞詩色變，不敢再和自己開玩笑。

可能因為自慚形穢，沒有養成打書釘習慣，這天下午去看奇斯洛夫斯基兩輯修復的《十誡》，散場後整個人恍恍惚惚，不想馬上回家，順腳兜進去打發時間。瀏覽過小說架，卻不見電影和舞蹈，店主指一指身後，「電影在上面兩排，舞蹈抱歉沒有」。頓了一頓補充：「剛剛收回來的一批藏書，好像有本簽名的巴蘭珊，不，巴蘭欽。」哈哈，這不是祖師爺B先生顯靈是甚麼，紐約市芭蕾舞團這個夏季駐守撒特里劇院哩，巴蘭欽作品傾巢而出，前兩晚才看了第一場專場，此外還買了另兩場的票。他的簽名從未見過，於是連忙表示有興趣，店主彎腰找了找，掏出本包着玻璃紙的硬皮書。

Lincoln Kirstein的《紐約市芭三十年》。

翻開第一頁，果然打橫斜斜簽着佐治巴蘭欽(George Balanchine)，介於寶藍和黑色之間的水筆，勁道十足韻味無窮，頗有種聞歌起舞英姿，典型藝術家格調。克斯丹是舞團創辦人之一，縱橫文化圈數十年，名副其實往來無白丁，書以日記作基本架構，輔以詳細批語按語，就算沒有簽名，也是難能可貴的絕版，雖缺乏搜購珍貴圖書嗜好，亦難免見獵心喜。問了價錢，和一張劇院入門券差不多，不算太昂貴，可是買來有甚麼意義呢？心

大心細猶豫不決，耳畔悄悄響起魔鬼的勸喻：閣下歷年購物經驗，只有不買而後悔莫及的個案，幾時有買了而搥胸頓足的例子？活到這把年紀，也無謂傷腦筋製造送禮給自己的藉口了，甚麼生日聖誕，誰不知道統統無中生有，不能瀟灑一點慶祝當下麼？何況，你不是一直奉B先生為舞蹈導師嗎，他那本《101個偉大芭蕾的故事》，由美洲搬到亞洲再搬到歐洲，仍然紋風不動屹立案頭，恩重如山情同再造，不費吹灰之力和親筆簽名打照面，竟還三心兩意？冷血啊你！

是的，那本資料書確實百看不厭，由《天鵝湖》到《林中仙子》到《阿波羅》，隨手一翻令人廢寢忘餐，半途出家的舞迷全靠它指點，才會得把貪婪視線從舞男飽滿的貼身襪褲移到滋潤精神層面。另一個提升我膚淺眼界的，是七八十年代《紐約人》當家舞評人Arlene Croce，後來出版的單行本《Afterimages》和《Going to the Dance》簡直是地位超然的《聖經》，生花妙筆描繪的舞作，比現場錄影還要玲瓏。

信用卡拿了出來，不忘多問一句：「不會是冒簽的吧？」當然毫不介意真偽，只要快樂切切實實就夠了。

靜默一分鐘

命運之神寫的劇本，不要說結局沒有人猜得到，連下一場戲是悲是喜，事先也往往不提供任何線索。

七月十四和十五號那兩場撒特里劇院紐約市芭蕾舞團的門票，是前一天才補買的。別以為巴黎和紐約都是文化之都，各類交流必定頻密，這班在林肯中心每季跳個不亦樂乎的舞林高手，對上一回過江到巴黎獻藝，居然已經是二十一年前的事，其珍稀可想而知。我這種老派舞迷，對巴蘭欽的愛慕數十年如一日，雖然基於殘酷的客觀條件，有事無事專誠越洋飛去捧場絕對不可能，但每次因為其他原因出入大蘋果，例必撥出時間坐在台下仰望，難得他們移船就磡，在距離住所一箭之遙的街坊場地連跳三星期，按理不看十場也看八場吧？我卻只預定了三場不同舞碼的巴蘭欽專場入門券，心想癮頭再大，應該也足夠了。

誰不知不看猶自可，第一場第一支《小夜曲》幕一升起，那排舞孃浸在月白的燈光中還沒有啟動，我

不爭氣的眼睛就一陣潮濕，整個人陷入投降狀態。那時三藩市芭蕾舞團常跳《小夜曲》，勢利的我本來嫌地方小舞團沒有明星，除了喜氣洋洋的《胡桃夾子》甚麼都不肯看，寧願等一年一度坐鎮美國芭蕾舞劇團的瑪嘉露娃（Natalia Makarova）和巴利殊里哥夫（Mikhail Baryshnikov）。有一年夏天歌劇院維修，他們改在下城簡稱A.C.T.的American Conservatory Theater演出，賣套票促銷，貪便宜連續看了幾晚，發現有些舞者還算標青，這才養成捧場習慣。女的單單喜歡西班牙裔的Evelyn Cisneros，橄欖色皮膚漂亮極了，《小夜曲》總少不了她一份。男的有一個深頭髮的Jim Sohm，是典型高大俊男，淺頭髮的Tom Ruud比較家常，《羅密歐與朱麗葉》他們輪流擔任男主角，後來英國來了Mark Silver也很好──幾十年後連名帶姓記得一清二楚，粉絲就是粉絲，想否認也不能。

紐約市芭的新一代舞者，資深舞迷一般不嗤之以鼻起碼也聳聳肩，我卻津津有味照單全收，不論嬌小玲瓏的眼睛冰淇淋Chase Finlay還是Angle兄弟的大佬Jared或者細佬Tyler，都看得心滿意足，前者的《阿波羅》活脫脫是男神典範，屏息靜氣時間太長，差一點暈倒。舞孃水準之高不在話下，就算陪襯的梅香也乾淨利落，這次更發現舉手投足帶點蕭菲紀蓮影子的Teresa Reichlen，未免心跳加速。最末一場最後一支《Symphony in C》原名

《水晶宮》，據說巴蘭欽只用了兩星期編排，萬花筒似的群舞陣勢早已成為絕唱，現在根本沒有人排得出了。神魂顛倒之際，忽然有預感出事，說時遲那時快，第三段的女主角噗通一聲跌在地上，無恥的我竟然以此為藉口，立即決定多看一場補數。

這就是為甚麼，和去年一樣，法國國慶的夜晚又一次在撒特里度過，散場出來，塞納河右岸站滿等待煙花的男男女女。然後哼着比才零碎的音符走回家，一上網就聽到尼斯恐襲的消息。

十五號的一場不是巴蘭欽，因為剛剛在巴黎歌劇院看了Justin Peck的新作，他是紐約市芭駐團編舞，這一晚他編的《Everywhere We Go》竟然是Sufjan Stevens原創音樂，一時好奇順手買票。這就是為甚麼，開場前舞團和劇院職員整整齊齊排列台上，請觀眾一同為傷亡者靜默一分鐘。許多年之後，我或者不會記得誰是誰，不會記得顏色和聲音，但是那停頓的六十秒，無奈無助，肯定不會忘記。

春心託杜鵑

　　專誠到畢加索(Pablo Picasso)美術館打了個轉，因為他同鄉小朋友Miquel Barcelo的特展快將結束，過兩天出發去東京，不看就沒得看了。入屋叫人入廟拜神，既然一場去到，沒有理由不順便和主人家打招呼，況且這期的焦點是雕塑，平面複製不了空間和作品的對話，光線更像即興的話題，你永遠猜不到下午從窗外溜進屋裏聊天的澄亮，究竟有告密的意圖，抑或只打算應個卯。

　　曝光率那麼高的藝術家，一舉一動廣為世人熟悉，乍驚乍喜是不怎麼可能了，但和畢先生見面總是愉快的，尤其在炎炎的夏季。我不僅記得初到巴黎那幾年，為了抹掉遊手好閒帶來的犯罪感，曾經給自己一個無中生有的任務，趁參觀博物館之便拍攝館中供遊人歇息的椅子，位於沼澤區的這家當然包括在內 —— 不事生產之餘還添加一筆買菲林的龐大開支，名副其實一闊三大，笨得真可恥 —— 同時也想起二十三歲首次歐遊，整整一個暑假，不停地把美術史唸過的古代和現代，變魔術一

樣變進現實生活。大的太大小的太小，前者如羅浮宮謝利高(Théodore Géricault)那幅《默度莎的木伐》，後者如幾乎所有石像的陽具，只有畢加索和想像中的尺碼毫無差別，甚至連溫度也完全不出所料，熱愛塵俗大魚大肉的緣故，一寸一寸都欣欣向榮。那時巴黎尚無他的個人名義美術館，而任何美術館都沒有裝冷氣，可是這天在館裏人工的清涼裏緩緩走着，我恍惚又回到一九七六的六月和七月，沒有甚麼值得訴說的過去，沒有一絲對未來的憧憬，稍一失神，時間迴廊那頭的年輕人遙遙和許多年後的自己打照面，眼底掠過的也不外輕微的迷惘：咦，你就是我？

　　隔一天經過拉丁區二輪戲院，外牆貼了一張某部復修影片的海報，法文名字《威尼斯假期》，大衛連(David Lean)導演嘉芙蓮協賓(Katharine Hepburn)主演，想了一想忽然醒覺：《Summertime》！光禿禿的夏日時光，法國要多少有多少，發行商不得不另闢蹊徑，權充旅遊大使吸引觀眾目光。上網搜索，香港片商也不賣季節賬，五十年代中公映，文思大作向李商隱上下其手，譯成《春心託杜鵑》──或者當時一般平民百姓尚未培養出歐遊的虛榮，旅遊勝地名字不值錢？同期《羅馬假期》(Roman Holiday)不就譯《金枝玉葉》嗎，《噴泉裏的三個銅板》(Three Coins in the Fountain)意外賜封《羅馬之戀》，着眼點大概是好使好用的「之戀」，堅信愛

情的生意人野火燒不盡，幾代後還有《翡冷翠之戀》
（*A Room with a View*）和《布拉格之戀》（*The Unbearable Lightness of Being*）。

斷章把這五個血淋淋的字賜贈大衛連，乍看似乎替劇情強加錯誤的調味劑，頓一頓才領悟箇中婉約：當然是「此情可待成追憶，只是當時已惘然」。美國老姑婆遠赴意大利接受性教育的故事，其實有種反浪漫意味，曾經被推舉為獨立女性義務代言人的協賓，簡直將女主角演繹成無堅不摧的石女，假如填上張愛玲筆觸，肯定是個沒有城市願意為她淪陷的白流蘇。故作大方的女結婚員最後慧劍斬情絲斬得拖泥帶水，倒意外潛伏引起觀眾共鳴的力量，我們回憶裏之所以有可堪記取的段落，恐怕都仗賴催眠術不吝輔助吧？她愛上的男人有老婆有兒女，距離理想太遠了，片中最醒神的一場戲，他兜口兜面以言辭賞她耳光：「你想吃牛排，但是這裏沒有牛排，這裏只有意式雲吞，你堅決不要，餓死可不能怪任何人。」當時的中文字幕翻譯員，可曾譯成活潑地道的「有粥食粥，有飯食飯，有粥唔肯食，抵你生勾勾餓死」？

新拷貝顏色非常艷麗，看着協賓坐在聖馬可斯廣場的咖啡店意亂情迷，我想起一則發生在同一地點的佳話。時維九十年代末，約了前度在老字號弗里安會合，他到得早，一個人讀報喝茶，遲來的我一坐下滔滔不

絕，幻想力豐富的侍者見傲慢法國人愛理不理，竟然以為我是兜客的男版流鶯，過來下逐客令。哈哈哈，實不相瞞，我的飄飄然迄今未散。

我的東京路線

　　真奇怪，同樣語言不通，靠讀了故事簡介坐在台下
運用幻想力二次創作，海老藏領銜主演的《柳影澤螢
火》無動於衷，反而猿之助擔綱的《荒川之佐吉》初看
已經令我淚盈於睫，翌日重看更加感動，幾乎有資格
和前後左右的日籍少婦大媽分庭抗禮，需要掏出手帕醒
醒鼻涕，才能漂亮地離開歌舞伎座。自身難保的小流氓
仗義收養被遺棄男嬰，發現他原來雙目失明仍然悉心照
顧，幕起幕落，轉瞬小孩長到七八歲，雖然伸手不見五
指，卻出落得聰明伶俐，聽到遠遠的腳步聲就知道爸爸
回家，歡天喜地奔到門口迎接。有一天和武藝高強的浪
人較量，居然擊斃對方，神差鬼使被黑幫大佬重用，旁
門左道的榮華富貴縱使帶來錦衣玉食，他並沒有埋沒初
衷，外面的世界殷殷呼喚，唯有忍痛把小孩送回親生媽
媽處，闖蕩江湖浪跡天涯。

　　這樣的庶民劇，你不可以說它缺乏高潮，但始終有
種日常的恬淡，接近採菊東籬下境界。我想起《男人之

苦》那個吊兒郎當的寅次郎，有情還似無情，相見爭如不見，一年兩度的長壽系列，每回結局都混雜了他的惆悵和釋然，世俗眼中的一事無成兩袖清風，調整為使人羨慕的生活態度。男主角渥美清二十年前逝世，延續了四十八集的日本路線劃上句號，長情導演山田洋次後來移花接木，將未曾拍攝的劇本改成向美好時光致敬的外一章，我一直沒看過。假如決定和這個小人物再續前緣，猿之助倒是飾演寅次郎的上佳人選，和高大英俊背道而馳的賣相，正好隱沒在茫茫人海，偶爾浮出溫柔和慈悲，就像印證生命仍然充滿可能性，得其情者哀矜勿喜，只有感激。

上次在新宿紀伊國屋書店見到一本寅次郎專書，詳盡介紹戲中人二十多年間冬夏兩季遺下腳印的小城小鎮，按圖索驥的誘惑雖然撲面而來，自己知自己事，翻閱後只好放回架上。除了早安多謝再見和從愛情動作片學到的「二姑二姑」，日語一概不諳，加上老態日漸龍鍾，只差尚未出動手杖，而且理想的萬能書僮遲遲未如波提切利的維納斯在水平線踏着蜆殼誕生，怎麼能夠暢遊四國放心吃喝呀？嗚嗚嗚。

這家老書店是東京之旅必到之地，深度讀書人讚不絕口的神保町一點興趣提不起來，潮人追捧的代官山蔦屋再好，鑑於不順路也只參觀過一次。新宿不但交通方便，當然還有感情因素托底，由七十年代末初降羽田機場開始，就懂得摸上門吸收養料，一提紀伊國屋，味蕾

自動釋放寶礦力的回憶。八十年代打完書釘順腳到數街之遙的伊勢丹選購三宅一生孖煙卤，繼而操往二十四會館進行社交，靈慾分家各得其所，精神和物質大大滿足。那時華燈初上，三井住友銀行外的行人道，總有個其貌不揚的女相士擺檔，將指點迷津當作職業的她縱有本事目測顧客的過去未來，對自身前程卻似乎沒有甚麼把握，眉頭永遠微微皺起，面前的空凳從來不見屁股填上。一般人心目中的東京是時尚現代大都會，很難想像古老的迷信會像顆美人痣，出其不意點綴街頭吧？

這回如常先在樓下翻翻新鮮出爐雜誌，為封面印了個半裸洋漢的《泰山》體臭專號忍俊不禁，恐怕只有在日本，種族歧視才可以這麼若無其事；跟着搭電梯上七樓，準備瀏覽比較不受語文困制的美術、電影和歌舞伎，駭然發現專櫃全部洗牌，要找的書籍無一盤踞在兩個月前的位置。不得不承認，我其實是隻憑記憶摸索方向的野獸，熟悉的地標一經改動，馬上出現迷途危機。泛起的驕傲，略似張愛玲《重訪邊城》寫自己穿了土布衣裳去登記戶口，「一個看似八路軍的老幹部在街口擺張小學校的黃漆書桌，輪到我上前，他一看是個老鄉，略怔了怔，因似笑非笑問了聲：『認識字嗎？』我點點頭，心裏很得意。顯然不像個知識份子。」

當然不是知識份子。買了橫尾忠則的《幻花幻想幻畫譚》和取自浮世繪的《江戶之惡》，都以圖畫為主。

飯來張口

　　貼照片上社交平台，明知道有自憐和自大嫌疑，仍然勇往直前我手寫我心：「未來幾天，將與這些雜誌的讀者共用一個泳池。」早餐時拍的照片，一堆英國超市慣見的八卦刊物，封面盡是聳人聽聞的標題，主角通常並非明星名人，而是捲入家暴、兇殺、意外等等風波的尋常百姓，偶爾也有中彩票的幸運兒和電視真人騷的阿茂阿壽，集體印證了安迪華荷(Andy Warhol)弘揚的「人人皆可出名十五分鐘」論。據說廣受草根階層歡迎，多多益善甘之如飴，否則雨後春筍不會活了一季又一季，自命高人一等的羽毛級知識份子一覺醒來發現廁身忠實讀者群中，難免有淪落風塵之感。

　　當然非常可笑。期期狼吞虎嚥《名利場》(*Vanity Fair*)，星期六從不放過咀嚼《明周》Book A的機會，誰又比誰高貴了？

　　入住類似的夏令營格局旅館，倒是生平第一遭。自從兩年前決定放棄米可諾斯的陽光和沙灘，每逢暑期將

臨便陷入無主孤魂狀態，為應該到甚麼地方度假而躊躇。春季前度去加那利群島的蘭薩羅特玩了一星期，說風光明媚海水清澈，籌劃六七月再到其他島嶼探險，我本來還以為它們是法國屬地，打開地圖一查，才知道是西班牙，搜兩搜找到價格相宜來回兩程時間都合理的廉航機票，於是把富埃特文圖拉島鎖定為今年目的地。對環境一竅不通的緣故，訂客棧心大心細，住海邊擔心夜晚悶出鳥來，選市中心怕不方便暢泳，想來想去，記起「別把雞蛋全部放在同一隻籃」的古訓，前五天訂城內，後六天訂城外，兩全其美不敢奢望，只求不會全軍覆沒。

第一間旅館位置出奇的好，打開窗一邊是購物街一邊是海，雖然沒有泳池，左旁就是小沙灘，往島嶼西北部的巴士站位於數街之遙，不願意與城裏中小童同困淺灘，一小時左右就可抵達遼闊的海岸線，一應俱全賓至如歸，搬家那天還真依依不捨。第二間風格南轅北轍，甲有幾四通八達，乙就有幾雞犬不聞，地圖上近在咫尺的嬉水勝地，烈日下步行了幾乎一小時只去到邊皮，那是乘風滑浪的地帶，形勢對泳客完全不友善，結果翌日還是必須搭兩站巴士，才找到不受飛天滑板威脅的沙灘。沙灘的沙聽說是對岸非洲大陸吹過來的，真偽尚待考證，不過赤身露體之際有駱駝出沒卻千真萬確，初見我還以為是傳說中的海市蜃樓，或者《沙漠梟雄》

（*Lawrence of Arabia*）的阿拉伯羅倫士顯靈，連忙掏出手機狂按快門，後來屢見不鮮，大鄉里的醜態才告一段落。

入住的時候，接待員是個法國女子，她翻出電腦資料，說是食宿全包，卡嚓一聲在我們手腕套上一條螢光綠紙帶作記號，讓我錯覺自己忽然置身那些幾日幾夜的露天音樂節，自顧自飄飄然返老還童。她解釋，不但早午晚三餐任食唔嬲，包括茶酒汽水的飲料也費用全免，恭恭敬敬遞上一張日程表：早餐八至十，午餐一至三，晚餐六點半至九點半，另外池邊水吧十至六全日供應，十至十一有集早午餐於一身的brunch，三點半至五點有點心，五至六下午茶時間，簡直是豬圈的節奏，勢估不到飯來張口的終極夢想，會出其不意以這種方式實現。

飯堂格局的營運，當然不可對廚藝寄以厚望，我和前度有個默契，實在不對路的話，晚飯寧願走半小時路到外面餐館另吃，事實上頭兩晚也的確如此。後來懶得走動，乾脆發揮二次創作天份，洋蔥加進濃湯，各式蔬菜拌和無往不利的白汁，香蕉飯以肉醬吊味，半杯啤酒滲半杯可樂，甜品是蜜瓜西瓜和雪糕，居然津津有味，肚滿腸肥之際，為自己的能屈能伸感到非常驕傲。

不過，那個充斥低級趣味讀者的泳池，一次也沒有浸過。臨離開經過拍了兩張照片，腦海浮起「潔身自愛」四字。

神秘女郎

可能因為富埃特文圖拉島在購物一欄實在乏善足陳吧，我竟然到處尋覓那款中文名字叫「妙孃」的香梘。

上世紀中葉風行歐陸的老字號，不知道以甚麼途徑傳到生活程度並不富裕的南洋，包裝紙上以黑色厘士摺扇半遮面的女人，不僅教我認識了遠方的西班牙，也使我對神秘產生了好奇。限於經驗，悉數注冊在黃飛然的歌聲裏，「你那對熱情的眼睛，像黑夜裏的明星」就是我想像的邊疆，由麗的呼聲保送，炎熱的下午一面聽一面用吸管呷盛載在玻璃瓶的沙示，有種說不清的犯罪樂趣。約莫同期，黑白菲林裏摩登的嘉玲肩負這一課程的導師，長咀煙和帽子前垂下的面紗，還有那把獨特的聲音，彷彿Beardsley筆下的莎樂美找到了肉身，不必聞歌起舞，腳底也有蕉皮似的旋律，隨時把人滑個四腳朝天。是《情賊》嗎？她和旗鼓相當的謝賢不停鬥法，表面上爭奪珠寶，戲演下去，失竊的是更貴重的心。

當然也有葉楓，同一系列口操國語的標本。「就算

49

你就算你，看清我模樣，就算你就算你，陪在我身旁，也不能打開心房，你不妨叫我，神秘女郎。」有位鄧姓同學一天到晚學她聳肩的姿勢，維肖維妙，他的小字典夾着一張伊莉莎白泰萊（Elizabeth Taylor）剪影，當時得令的《埃及妖后》（Cleopatra）劇照，一直使我眼紅。邁進邵氏紀元，他喜歡何莉莉，我喜歡胡燕妮，誰的偶像更美，永遠爭論不休。

那時沒有聽過王爾德（Oscar Wilde），《莎樂美》的劇作者。許多年後仙姐重排《西樓錯夢》，有一次在銅鑼灣西苑開工作會議，隔壁廂房有位富泰的女士過來串門，樣子相當陌生，一開聲我立即認出來：嘉玲！胡燕妮則在楊凡短暫經營的咖啡館見過，特為《龍鳳鬥》提名金像獎返港，約了舊同事焦姣鄭佩佩茶聚，兩位星二代叨陪末座，那天我客串送貨員，事前沒有收到風，當堂嚇到呆若木雞。說出來失禮，偶遇最記得的，是席間尹子維跌了東西彎腰拾取，褲頭露出一截鮮紅色的aussieBum內褲。

童年往事，糾纏一起不分彼此，回憶是扁平的一塊，幸好有氣味，否則在失物認領處撞見，恐怕只會擦肩而過。「妙孃」在鼻端沒有留下印記，縈迴不散的倒是4711古龍水，和男生擦頭髮的流行牌子Vitalis。小時候有私家理髮師到我爺爺的店鋪提供服務，我叫他肥佬伯——外號「肥佬」，小孩子加個「伯」字以示恭

敬。爺爺盛讚他取耳工夫了得，但小孩不取耳，坐在墊高了的椅子上讓他剷草，非常不耐煩，不停扭來扭去，他怕不長眼睛的剪刀傷及頭皮耳朵，手腳更慢了。不過十四五歲逃離「魔掌」，卻與剪得慢無關，而是因為虛榮，班上心儀的同學幫襯鳥節路冷藏公司對面印度人開的理髮店，不跟着去太沒有面子。Vitalis是這時期的奢侈品，實際作用不得而知，貪圖的只是淡淡的氣味，在我心中代表成長和自由，在青春的躁動下學習何謂戀愛。

「妙孃」正確發音比較接近「馬霞」，女店員見遊客查詢，回答「沒有」時面露驚訝，大概是三四代之前的老古董，想不到外國人如此長情。找來找去，終於在旅館附近一間小店找到，店員英語帶印度口音：「沒甚麼地方有得賣，只有半打存貨，全部包起嗎？」我要了兩塊。回到旅館打開包裝，香氣撲鼻而來，幽幽的像從前的月色，而且記憶居然馬上甦醒。

翌日去小店把其餘四塊也買了。

看海的日子

　　新加坡摘下第一面奧運金牌，為國爭光的是個二十一歲泳手。媽媽在長途電話提起，語氣不特別興奮，只說大熱天時衣錦榮歸的新科狀元遊街，我弟婦帶了小姪女趁熱鬧，言下微微有種「現在的後生，真是……」的喟嘆。

　　該地從前引以為傲的運動項目似乎是羽毛球，五六十年代盛極一時，大概因為得過獎，中產住宅區私人球場屢見不鮮，每逢夕陽西下嗶嗶啪啪此起彼落。亞洲人體魄一般稍遜白人黑人，踢足球打籃球先天上佔弱勢，羽球毋庸軀體硬拼，身手靈活便可以，超英趕美機會較高。性質相若的乒乓也流行，學校小息最熱門的遊戲就是打乒乓，不過脫殖獨立後並沒有被捧為「國運」，想是形象太中國的關係，不能不避嫌。人口之中華裔雖然最多，對中華文化的景仰也深，但是大陸赤化大家聞共產黨色變，朝野瀰漫染紅的恐懼，左仔被打壓得厲害，識時務者為俊傑，當然不會明知故犯。

既然是四面環海的島國，訓練泳手事在必行，起碼普世觀念是這樣，就像住在有隨時遭浪花吞噬危險的地頭，為了求生不得不向水族拜師，當不成美人魚也要當熱帶魚。剛認識法國前度時問他會不會游泳，他面露驚訝答：「當然會，我出生的地方是個小島」，一加一等於二，放諸四海皆準。

然而我出水能跳，入水卻不能游，現在這身三扒兩撥就必須站着換氣的低等工夫，還是遲至八十年代才在香港南華會學的。說出來好笑，我們家不但離海不遠，爺爺名字有個海字的緣故，大門旁刻着「海廬」二字。步行十分鐘是沿海的加東公園，秉承殖民地中西夾雜傳統，park音譯成廣東話「北」，黃昏日落後氣溫稍降，大人常常帶我和弟弟去加東北散步。海浴場以堤壩方方正正圈着，潮退我們在沙灘拾貝殼，潮漲在堤壩上兜一圈，從來不行下水禮。公園閘外有流動小販賣零食，兩塊長方形餅乾夾成三色三文治雪糕，紅的是草莓，白的是雲呢拿，啡的是朱古力，又香又甜又豐盛。後來填海，海岸線大規模往外移，公園形同虛設。九十年代回家探親，新認識的朋友聽聞我家地址大表羨慕：「公園對出去的填海區入夜後是同志雲集的野戰場耶！」吃過晚飯帶我去參觀，果然名不虛傳。

有一個時期，周末舉族去樟宜沙灘野餐游泳，姑媽姑丈表姐表弟浩浩蕩蕩一行二十幾人，成年後我對集體

旅行恨之入骨，不是沒有理由的。坐一架密不透風的貨車，號稱「豬籠車」，不但顛簸而且悶熱，某次回程胃裏一陣翻騰，沙特名著《嘔吐》人肉搬演，早前喝的凍咖啡悉數吐出不特已，留在口腔的惡臭驅之不散，自此戒了這款黑色飲品。旅居巴黎後，新知舊雨見我既不喝紅酒也不喝咖啡，莫不贈以暴殄天物的鄙夷眼神，久而久之，凝聚成犯罪感，於是晚餐開始喝酒，一點一滴，漸漸練出幼稚園級酒量。咖啡比較困難，試了幾次徒勞無功，直到前年在翡冷翠過聖誕，天寒地凍無以為繼，茶喝多了頻密上廁所實在不方便，在烏菲茲美術館排長龍那天忍不住喝了一杯卡普奇諾，沒有反胃之餘竟然上癮，如今幾乎天天都喝，以報仇的方式狠狠奪回失去的時間。

其實赴三藩市唸書之前，在新加坡企圖學過游泳，地點是中華游泳池，基於甚麼原因上了幾堂半途而廢，卻一點也記不起來。恐怕是當時尚未流行有近視度數的潛水鏡，脫了眼鏡在水中無所適從，慌失失毫無樂趣可言，連教練的五官也沒有印象。視覺故障，一直困擾我體格方面的發展，所以隱形眼鏡真是四眼仔救星，要不是有它打救，後來不會敢貿貿然跑去習舞。那，當然是另一系列的故事。

記得戴一些花在頭髮

有扮古扮怪嗜好的年輕朋友到泰國度假，面書貼了照片與大家分享歡樂時光，其中兩張相中人耳畔插了一朵花，擠眉弄眼笑得好不開心，我馬上想起一首久未在耳機重播的老歌，他們這輩應該聞所未聞：

如果你去三藩市
記得戴一些花在頭髮
如果你去三藩市
你會遇上那裏一些溫柔的人

歌者史葛麥肯斯（Scott McKenzie），紅歌不紅人，之前之後都沒有傳世之作，但是《三藩市》當時實在風行，版稅可以輕易食過世。花的孩子不是弘揚超然物外麼，六八年愛的夏季的副產品，縱使嚴格來說把靈魂賣了給唱片商人，也不至於一定要以金錢衡量，我這個人果真渾身銅臭，簡直沒得救。

一眼認出來，裝飾朋友曼谷假期的是朵雞蛋花，花瓣蛋白色，中央微微泛黃，香氣像庸脂俗粉的小家碧

玉，手感出奇潤軟。從前我們家前園種了兩棵，似乎有埋蛋殼在樹底當養料的習慣，大概是「以形補形」的邏輯。花摘下來莖部流出黏黏的汁，乳白色，沾在衣服洗不脫，現在回望，頗帶點性的意味，但未經人事的小孩天真無邪，只想起書上讀過而未曾得見的橡膠樹。那時辦喪事的花圈一般以雞蛋花砌成，想是因為粗生粗長，一年到晚都開花，成本合化算，淡雅的顏色也配合靈堂氣氛，儘管佛教的法事熱鬧得驚人，大紅大綠爭妍鬥麗，西方極樂世界有這麼一簇簇的柔白點綴，肆無忌憚的荒誕方顯得莊嚴。我祖母很早去世，喪事辦得非常風光，六七歲的我恍若置身一台金鼓齊鳴的大戲，尼姑和尚誦經超度，簡直是南音的變奏，空氣中墊着若隱若現的花香。八十年代爺爺逝世，我由香港回去奔喪，雞蛋花已經從花圈界退役，前園的樹也斬掉了，時代是怎樣終結的，一點頭緒都沒有。

聽《三藩市》的日子，唱機擺在書房，書房窗外有棵白蘭花，南洋炎熱的下午，有如墮進香艷的盤絲洞，音符是嫵媚的蜘蛛精，唯恐獵物捉不牢，徵用花香撒下天羅地網。月前在富埃特文圖拉島看到盛放的鳳凰木，那段歲月的記憶都湧回來了，我們的鳳凰木屹立花園左邊，紅得似火的花固然印象深刻，也忘不了烏黑的巨大豆莢，掉在地上像馬來人的巴冷刀 —— 新加坡上世紀中曾經起過種族騷亂，大人噤若寒蟬，敏感的耳朵捕捉到

風聲，彷彿說馬來人手持巴冷刀衝進華人地頭行兇，不知真假。馬來人又叫「巫族」，不是貶詞，教科書上也用。我向來對異族一視同仁，毫不介意語言不通，既和住八號的同齡英國小男孩玩泥沙，也與四號張家馬來司機的兒子有來有往，他名叫阿諾，比我大三四歲，貼頭的捲髮爽朗得很。有一陣忽然銷聲匿跡，後來才知道回教徒男子十二三歲有割禮儀式，動過小手術必須休息。他重出江湖變得沉默寡言，或者是自覺成年的緣故，可是我認為割除包皮十分可怕，把自己的恐懼移植到他身上，不問情由定性為猶有餘悸。當然要求他讓我一看究竟。他當然不肯。所謂三歲定八十，錯不了的。

　　當然也沒有想到有一天會去到歌中的城市，遇上那裏一些溫柔的人。至於花，有沒有頭髮都好，可不能隨隨便便亂戴……富埃特文圖拉島旅館旁邊有片空地，灌木叢生，其中包括一株夾竹桃，杏味的香氣活脫脫演繹「花氣襲人知晝暖」，童年聽過的警告不經大腦衝口而出：「千萬別碰，有毒！」

自己做得了主似的

富埃特文圖拉島明明是西班牙，卻又不是西班牙。大概所有座落大陸以外的島嶼都有類似的貌合神離，被歸劃為某國屬地，只不過是歷史的偶然，站在時間迴廊另一端回望，不會不覺得可笑。譬如說西西里，其實不怎麼意大利，譬如說我們熟悉的香港，原本也不怎麼中國，就像賽門與賈芬高(Simon and Garfunkel)那首歌唱的，「我是一塊石頭，我是一個島」，連土質也不一樣，怎麼可能開出同一朵花？

抵埗後才知道機場離目的地很遠，而且沒有方便的公共交通工具，一時六神無主。到詢問處求助，說最好搭單乘觀光團的旅遊大巴，反正他們停各大酒店，不介意多賺花紅，收費雖然較公車貴幾倍，勝在毋須轉來轉去，於是言聽計從乖乖付款。沿途無甚風景可看，遼闊的公路像雲溫達斯(Wim Wenders)《德州巴黎》(Paris, Texas)裏荒涼的美國，烈日下菲林過度曝光，顏色遭無情淡化，所以見到跋扈壯偉的仙人掌精神大振。一柱擎

天十足十陽具象徵，盆栽體積小無傷大雅，種在路旁就有種公然露械的猖狂，書香世家子弟非禮勿視，換了在日本，肯定被迷信的老百姓當作神靈供奉，冬天小心翼翼套上紅色的圍裙保暖，恭恭敬敬摸一摸自求多福。

仙人掌任何熱的地方都毫無芥蒂生長，管他非洲亞洲南美洲，電影《一段情》（The Go-Between）開場白「昔日是異國，在那裏他們有不同的行事方式」，這些帶刺的植物則因為掌握了無往不利的國際語言，雲遊四海遍地芳菲，彷彿戰勝了季節循環。可惜過去未來不分彼此壓成一片，只剩無窮無盡的當下，明天起床昨天仍然是今天，修煉成長生不老的同時，喪失了緬懷流逝歲月的權利。

從前新加坡水族館外有一叢，是淡翠色扁平如手掌的種類，上面被過客密密刻下「某某到此一遊」的字句，其殘暴怵目驚心。近年流行紋身，倒像取代了肆無忌憚破壞公物的習慣，盟山誓海月下花前悉數記錄在自己皮膚上，起碼文責自負與人無尤。始作俑的遠古部落民族，據說刺青除了裝飾也有護身用意，直到上世紀還被日本幫派忠實繼承，目睹六尺褌外龍飛鳳舞，只有粵劇《胡不歸》的「我個心又喜，我個心又慌」能夠貼切形容；但我想潮流人士追隨的，是源自水手的浪漫傳統，他們泊碼頭時處處留情，甚麼都帶不走，唯有在皮囊添上枝枝葉葉以茲紀念。

一樣米養百樣人，存檔的當然不限於風流韻事，著名歷史故事不是有一則講岳飛嗎，岳媽媽親手在兒子背脊雕刻的不論是「精忠報國」抑或「盡忠報國」，都不會影響凜冽的正氣。然而前年我外甥赴翡冷翠學手工藝，我妹妹傳來他的紋身照片，圖樣卻與上述例子無關：是我妹妹的肖像！讚歎後生可畏之餘，不忘探問是否貨真價實的人體刺繡──某年夏季在米可諾斯玩過貼紙紋身，厭了可以擦掉。我素來抗拒永久性的東西，認為是對短暫生命的嘲諷，完全同意《傾城之戀》范柳原引用《詩經》推搪結婚時的一番話：「比起外界的力量，我們人是多麼小，多麼小！可是我們偏要說：『我永遠和你在一起；我們一生一世都別離開。』好像我們自己做得了主似的！」短短幾句，難得張愛玲用了兩個感嘆號，簡直絕無僅有。

　　在富埃特文圖拉島有一天不很舒服，沒有如常嬉水，坐在旅館旁邊小沙灘的茶室喝茶看書。不久來了四個熱血青年，無敵青春之外還有不同繁瑣度的紋身，我恃着鼻樑架了副墨鏡，欣賞藝術品一樣看個痛痛快快。己所不欲勿施於人，這種時候如耳邊風。

文字河畔的其他風景

龐比度中心「垮掉的一代」展覽，本來沒打算去看。這類涉及文學的項目，他們通常把展廳設在圖書館，參觀者必須擠在莘莘學子群中魚貫進場，如果只需輪候半小時已經算萬幸。而且規模和六樓的專題大展不可同日而語，總帶點破落寒酸，接近老派廣東人說的「二奶仔」，展品以文獻為主，照明設備偏偏很壞，蠅頭小字如爬行的螞蟻，誰都不知道牠們打算把精神食糧搬運到甚麼地方。月前和奧迪安劇院附近那家二手英文書店的老闆閒聊，她忽然講起，說非常好看，問我看了沒有，我和盤托出成見，她打個爽朗的哈哈：「不是在圖書館，在六樓正常展廳。」

天氣酷熱加上貴賓來訪，一拖拖到上星期。再也沒有想到，甫進場看見那些像恐龍化石的機器，整個人立即酥軟。都是以往天天使用的日常生活必需品，如今悉數告老歸田，別說老爺打字機了，連黑色把手話筒電話機，也早遭健步如飛的時代淘汰，故人相見份外眼紅，

拿起來撥完一個號碼又撥一個號碼，強逼素來和詩無緣的笨耳朵聆聽長短句。春季在香港，黃先生介紹去住所附近的老式茶餐廳，牆邊正擺了一具款式大同小異的舊電話，我拍了照片傳給二十出頭的小朋友，半開玩笑考驗他的歷史常識。他毫無困難準確說出答案，謂「在電影裏見過」，大概指以一九五幾年為背景的「古裝片」。或者是希治閣（Alfred Hitchcock）《電話情殺案》（*Dial M for Murder*）？丈夫設局謀害嘉麗絲姬莉（Grace Kelly），她三更半夜聞鈴起床接聽電話，差一點被藏在落地窗簾後的兇手勒斃，兇器是看似沒有殺傷力的電話線。

四年前傑克克魯亞克（Jack Kerouac）的《在路上》（*On the Road*）拍成電影，法國公司有份投資，為了造勢把那份傳奇原稿弄到巴黎手稿和書信博物館展出，一張張A4紙串成一幅長卷，其壯觀僅有普魯斯特（Marcel Proust）《追憶逝水年華》（*À la recherche du temps perdu*）剪剪貼貼的原稿可堪相比，我看了一次意猶未盡，隔幾個禮拜又再去看。可惜影片大熱倒灶，參展康城一個獎也撈不到，戲院門可羅雀，協助宣傳的展覽尚未結束，首輪影院倒已經落畫了，紀念畫冊半價促銷。這次龐比度中心當然少不了那條貫穿美國東西岸的文字河，涓涓流過的領域更長，但我竟然意興闌珊，匆匆一瞥，絲毫沒

有潛進去暢泳的意欲。是因為心情不對嗎？抑或時機過了就是過了，像開過花沒有結果的愛情？

初來巴黎的時候，常去第六區一家叫「藝術的聖安德瑞」的影院看戲，第三影廳入口在旁邊橫街，斜對面有間破破爛爛的小旅館，暱稱「垮掉旅館」，真是一語雙關。那批被譽為嬉皮士鼻祖的美國詩人，上世紀中越洋浪蕩，接二連三在這裏落腳，雖然賣相最具星味的克魯亞克和紐爾卡沙蒂（Neal Cassady）不曾把臂下榻，朝聖的善男信女並不介意，紛紛將這個地址奉為歐遊必到的景點。我既沒有讀過《嚎》（Howl）也沒有讀過《裸午餐》（Naked Lunch），根本無資格上香參拜，開場前散場後路過，因利乘便抬頭望一望，自覺比刻意造訪的文藝青年瀟脫風流。恃着同性三分親，相隔數街的王爾德最後住宅，卻又不吝專誠行戲劇皇后式注目禮，縱使不算厚顏無恥，起碼也屬無賴所為。博赫斯（Jorge Luis Borges）可也在同一客棧住過哩，三藩市時期受A影響，他的著作比王爾德更熟，奇怪從不列他為頭牌。

這兩家旅館現在都抖起來了，似乎都是四星。令它們名留青史的波希米亞住客午夜回魂，站在門外大概不敢內進，不是被小資品味嚇怕，而是付不起昂貴的房租。

都怪敏吧

你想知道何謂有緣無份？請看看垮掉的一代和我。

在美術學院打發時間那幾年，女同學提起某位教文學課的老師，輕則不吝流露叫春貓表情，重者即席複製愛情動作片全套功架，平日熱情奔放的固然踴躍擺出蕩婦姿態，就算胸前掛着淑女招牌，也不惜撕破臉皮自毀形象，將暗中也想變壞坦誠公諸於世。張愛玲《同學少年都不賤》裏天真燦漫的寄宿生，「各人有各人最喜歡的明星，一提起這名字馬上一聲銳叫，躺在床上砰砰蹦蹦跳半天」，一九七幾年在加州磨鍊藝術細胞的女流氓品味卻不分彼此，縱使沒有讀過《紅樓夢》，亦偷龍轉鳳演繹曹雪芹的「千紅一窟萬艷同悲」，化悲為喜集體把三千寵愛灌注在同一朵鮮花。

呃，對不起，四十幾歲的中坑，絕對不應該稱為鮮花，不嫌刻薄，簡直是老花。名叫Michael McClure，我聽都沒聽過，怕被恥笑當然不動聲色，默默記下事後詢問當時的拖友。他略表驚訝：「垮掉一代的詩人啊，和

堅斯伯(Allen Ginsberg)平起平坐的,你怎麼不認識?」
大概立刻扣分,甚至譴責自己不帶眼識人。

　　起了底,卻依然沒有興趣修他的課,白白失去親吻
現代文學的良機。只記得一次展覽開幕酒會,他穿了一
套淺青檸色的麻質三件頭出席,漂亮到不得了,完全明
星派頭。

　　垮掉一代大本營城市之光書店位於三藩市百老匯
道,就在唐人街邊皮,黃姓香港同學周末在金鳳酒樓客
串帶位,我們常常相約打烊後去基吧跳舞,住奧克蘭的
我提早過海看下午場,散場之後無所事事,有好幾回順
腳兜進書店消磨時間。出版於微時的詩集被尊為鎮店之
寶,隆而重之擺在收銀枱旁最矚目的書架上,因為曾經
是禁書,翻開來聚精會神搜索色情字句,就像十三四歲
慕名拜讀羅倫士(D. H. Lawrence)的《查泰萊夫人的情
人》(*Lady Chatterley's Lover*)和郭良蕙的《心鎖》,也同
樣一無所獲。比較熱衷下去地庫徘徊,樓面既低,架與
架之間的通道又窄,那麼瘦都周轉不靈,幽暗燈光下和
打書釘的同道中人擦肩而過,呼吸自然而然陷於急促,
空氣中充滿神秘和刺激,彷彿預先練習即將在同志交際
場上演的喜相逢或相見爭如不見。

　　奇怪,似乎清一色單身男顧客,印象中沒有見過女
性。莫非真的有鬼?無論如何,行正桃花運沒我份,邂
逅有緣人爽約黃金鳳的重色輕友情節從來不曾出現。多

年後，倒在百老匯道另一書店有艷遇，交往了一段短時間，之所以記得這麼清楚，因為對方是亞洲人，當時難得的。洛杉磯土生土長，家傳之寶離奇英偉——我覺得可能該地自來水含有壯陽礦物質，否則解釋不了為甚麼認識的洛家村民無一例外身懷巨物。

不但垮掉的文字讀不進去，連垮掉的影片也看不進去。有一部《採吾菊》(*Pull My Daisy*)，師兄師弟傾巢而出，萬綠叢中再加尚未現身《去年在馬倫巴》(*L'Année dernière à Marienbad*)的黛芬西莉(Delphine Seyrig)，是美國地下電影的珍品，聞名已久，今年香港電影節赫然榜上有名，於是興高采烈一看究竟。克魯亞克撰寫兼朗誦的旁白，聽了兩句已經昏昏欲睡，西莉小姐演招呼豬朋狗友的女主人，恍如《主婦日記》(*Jeanne Dielman, 23 Quai du Commerce, 1080 Bruxelles*)前傳，雖然自封鐵粉，也不能集中精神深究，和爵士樂同步的節拍更盡情發揮催眠副作用，迷迷糊糊間，放映室就亮了燈。

幸好一再按門鈴的不限於郵差。龐比度中心的垮掉一代展覽，影片循環投射牆上，我一坐下來不捨得起身，連續看了三次。最後一次，純粹為了聽先前充耳不聞的主題曲，無厘頭的歌詞可愛極了：

　　採我的菊花

　　傾我的杯

　　我所有的門都打開了

割我的思維以椰子

　　我所有的蛋都爛了

　　唱歌的女子叫Anita Ellis。上網一查，哎呀，原來《蕩婦姬黛》(*Gilda*)膾炙人口的《都怪敏吧》(*Put the Blame on Mame*)，她是女主角烈打希和芙(Rita Hayworth)的幕後代唱。舊相識啊，失覺失覺。

轉了一圈又一圈

　　各地朋友降臨巴黎，不論生疏抑或熟絡我都先小人後君子，嚴正聲明指點迷津非常樂意，但絕對不會親力親為擔任帶街，事實上摩登飲食男女人手一部智能流動電話，谷歌地圖鉅細無遺，根本不必地膽做架樑，不過不講清講楚怕到時場面尷尬，還要落個世態炎涼的話柄。這天吃罷午飯，貴賓提出參觀奧賽美術館，我見既然同路，建議一齊搭八十六號巴士，到了奧迪安他們可以轉六十三，但是上了車聊天聊得興高采烈，抵達中介站我一時心軟，想想回家也是午睡，不如送佛送到西。於是就這樣，意外闖進回憶長廊久未造訪的一截，惘惘和兩個從前的自己打照面。

　　剛來巴黎那幾年，應該正正經經上課學法文的時間，被懶惰的我悉數消耗在美術館，其中去得最多的兩間，一是羅浮宮一是奧賽，每星期總有兩三天徘徊在塞納河的這一邊或者那一邊，風雨無阻虔誠朝聖。網絡世界尚未四通八達，資訊有賴印刷品，當時因為沒有長

遠計劃，加上銀根短缺，身外物可免則免，盡量不買書刊雜誌，這兩家美術館的導賞指南卻不得不破例。軟皮普及版，也還是重得像塊磚頭，從十六區出來放在書包裏，天天帶來帶去，大概有種寧神靜心作用，明明選擇不要落地生根，倒又秘密希望安安穩穩泊在避風塘，雙子座的典型性格真難伺候。

　　漸漸地，右岸的宮殿量地量得七七八八，精神集中在左岸的印象派，進館後經過雕塑花園目不斜視，直筆走到盡頭乘自動扶手電梯上三樓——其實是五樓，不過從這裏上去中間兩層形同虛設，我一直改不了口。千禧後閉館大維修，重新開放藏品懸掛位置幾乎完全改變，留白的地方多了，視覺上比較舒服，從前那種排山倒海的豐裕感蕩然無存，那時連離題的梵高（Vincent van Gogh）也擠在雷諾亞（Auguste Renoir）莫奈（Claude Monet）塞尚（Paul Cézanne）之間，簡直不可思議。說出來好笑，第一次看見莫奈那兩幅陽傘女人，竟然湧起他鄉遇故知的興奮，馬上想起大衛連的《碧海情天》（*Ryan's Daughter*）：戲裏莎拉米露絲（Sarah Miles）站在山頭吹風的畫面，靈感顯然來自這裏，先入為主的緣故，卻覺得名畫是宣傳海報。同樣道理，雷諾亞那個珠圓玉潤的跳舞女人，一映入眼簾我就似重遇《Casque d'Or》最後一個鏡頭的茜蒙薛娜烈（Simone Signoret），男友上了斷頭台，

最甜蜜的一幕在她腦海循環重播，風華正茂的他們相擁起舞，轉了一圈又一圈，轉了一圈又一圈，天長地久直到永遠。此片香港譯名《蕩婦瑪麗》，其掃興罄竹難書。

名利場講究出身，也就是現在某些人常常掛在嘴邊的「贏在起跑線」甚至「贏在射精前」，縱使勢利，恐怕不無一定道理。我本人正是最佳例子，自幼養成看電影的不良習慣，終生上不了台盤，一有風吹草動立即暴露卑微的出身，萬佛歸宗，一切索引都在光影裏。

狄嘉（Edgar Degas）的燙衣婦，喚起的記憶一樣久遠，我彷彿又回到在加州當美術學生的時代，而且是第一個學期。人體寫生課的老師姓甚麼忘記了，芳名嘉露，一頭蓬亂的紅頭髮，兩隻淺色的眼珠時常放射問號，普通一句話也引起她的石破天驚，讓人不得不重新評估自己的言行舉止。有一次她指導模特兒，「像狄嘉那個燙衫的女人那樣，大力壓，大力壓」，我直到來了巴黎後看到原作，才終於明白她肉緊的要求。

在美術館喝咖啡是必然的。這個奧賽的下午，我悠悠坐在一角看書，隔兩張桌子有個單身美國女子，喋喋不休和旁邊萍水相逢的夫婦介紹她喜歡的巴黎餐廳，有那麼一剎那，匆匆掠過嘉露的形神。不知道為甚麼，莫名其妙浮起靜婷的歌聲：

自從你對我説再會
寂寞跟我長相隨
要是你存心不回來
臨走為甚麼流下幾滴淚

淪落巴黎街頭

社交平台有人張貼王菲近照，只見清爽打扮的她在機場匆匆路過，側頭淺笑態度輕鬆自若，説是準備飛往巴黎欣賞時裝表演，我禁不住插嘴留言：穿得漂漂亮亮去旅行不是很好嗎，拜託不要再唱那些莫名其妙的電影主題曲了。菲迷怒斥一唻砂糖一唻屎，大有群起棒打公敵之勢，然而天地良心，這完全不是無中生有存心抹黑，自從天后高調淡出樂壇，芳蹤接近杳然，偶爾躲在幕後高唱幾闋新詞，飢渴的耳朵無一不尖尖豎起，可惜《致青春》迄今，沒有一次不令人覺得天昏地暗。毫無芥蒂背誦矯揉造作的風花雪月，大概收了可觀的開金口費吧，連她這麼一個生活無憂兼且篤信佛教的善女，也免不了繼續惹塵埃，我們這些本來就庸碌的販夫走卒，還有甚麼前景可言呢？

剛剛發佈的一首，再三囑咐有緣人在終點守候，我只想起六十年代風靡東南亞的山歌電影《劉三姐》，盟山誓海的女主角有一句「哪個九十七歲死，奈何橋上等

三年」，當時義無反顧倒貼一串眼淚，默默祝福村姑心想事成，二十一世紀聽到有人發出類似呼籲，卻一點也不樂觀。姍姍來遲還奢望獲得展臂歡迎？只怕涼血動物要聳聳肩加一句，對方又不是終點女傭或者男傭，受人錢財與人消災，憑甚麼望穿秋水等你？

留言的重點，其實是旅行應該打扮得漂漂亮亮。以浪跡天涯為樂的背包客，如果非常年輕而且具備起碼姿色，蓬頭垢面不會有太多人介意，然而一過二十一二歲，此項優惠已經失效，廉航可以照搭青年旅舍可以照住，各類活動豐儉由人，儀容卻不能不打點打點。爛身爛勢的老好日子，過去了就是過去了，千萬不要苦苦留戀，舊相簿如果有毀壞市容的鐵證，不妨當作茶餘飯後談資，「世鈞，我們回不去了」，未嘗不是好事。起步起得晚，錯過了青春蓋面橫行無忌的便宜，沒有關係，四季景色各有所長，秋天擋風的斗篷冬天保暖的皮手套，適當時機派上用場，衣櫃缺乏這些配件的少艾看着只有羨慕。

從前的好說也說不完。我記得第一次歐遊，在巴黎聖勒撒站搭火車，到了海峽旁的卡里下車登渡輪，拋呀拋的過到英格蘭，重新上火車直奔倫敦維多利亞站，前後七八小時，興奮一秒一秒累積，千呼萬喚，霧都才漸漸露出輪廓。那種心跳，純粹屬於初戀，就像更早的時候由美國西岸乘灰獵犬長途巴士去東岸，倚在窗邊瞥見

沐浴在晨曦中的紐約，《午夜牛郎》（*Midnight Cowboy*）主題曲《每個人都在說》（*Everybody's Talkin'*）於耳膜冉冉蕩漾，嘴角浮起的微笑，數十年來抹也抹不掉。然而命運之神如果乞憐我的思念，安排同樣情節捲土重來，以舟車勞頓烘襯乍喜乍驚的邂逅，我一定受不了。得過時代進步的方便，誰都難免變成拋棄糟糠的陳世美，譬如前兩天抵達北方車站搭歐羅星去倫敦，發現車上新近增添免費無線上網服務，簡直喜出望外，兩個多小時車程比飛還快，別說無論如何不願意重溫慢速度了，就算網絡忽然斷線，也要向車長投訴。

年紀大了，果真只懂得嚮往舒適安逸，貪圖坐在安樂椅一直搖到生命盡頭？確實有晚節不保的隱憂，否則看到倒閉店鋪門洞子裏貼了一張過期海報，畫面上蒼白的男子雙目低垂，腦海不會立刻浮現「淪落巴黎街頭」幾個字。

意外帶來的意外

直到最近，才得悉《倫敦的街道》(*Streets of London*) 本來叫《巴黎的街道》，作者志在描述一群流離浪蕩的失意人，「昨天的報紙，報導昨天的新聞」，落魄的足跡印在甲城還是乙埠，一點分別也沒有。簡直晴天霹靂啊！怎麼可能呢，英京牢固的印象，除了來自童謠《倫敦橋正塌下來》(*London Bridge Is Falling Down*)，就數青蔥歲月聽到的這首，一個叫瑪麗鶴堅(Mary Hopkin)的女子，殷切獻身充當導遊，「讓我拖着你的手，帶你漫步倫敦的街道，我會介紹你一些東西，令你改變主意。」躑躅的原來險些是香榭麗舍？太反高潮了。

應該是唸高中那段日子。學校教美術的老師比我們大不了多少，印度籍，高高瘦瘦，戴一副很約翰連儂(John Lennon)的金絲眼鏡，手指之修長教人側目。名叫悉尼，姓甚麼我完全記不起來，剛從倫敦畢業回到新加坡，執教鞭大概是餬口的權宜之計。之前這科的教師，無一不是五六十歲的南來畫匠，和學生格格不入，身上

還有股名副其實的酸氣，忽然來了個溫文爾雅的孩子王，當然眼前一亮。是間當時試辦的初級學院，海選全國會考成績最優秀的高材生，破天荒採用選課制度，希望學生按潛質和興趣進修，我雖然只得十六七歲，卻已經略曉濫用自由之道，一天到晚流連畫室，把其他功課荒廢得七七八八。

一面畫畫一面聊天，漸漸知道倫敦有間俏西美術學校，史隆廣場徒步走去十多分鐘，帝王路沿途都是有趣的小店，賣五顏六色的玻璃珠和二手衣服，人人友善而且漂亮，加上同期聽到鍾妮梅藻(Joni Mitchell)的《俏西早晨》(*Chelsea Morning*)，一廂情願以為她唱的也是這裏，夢境目的地就糊糊塗塗鎖定了。說出來好笑，我對前殖民地宗主國的認識，不是來自想當然的電影，而是匪夷所思的電影雜誌，一次偶然機會見到偏愛刊登裸露男星劇照的《Films and Filming》，冰淇淋不吃白不吃，自此每個月都跑到書店購買，羊頭狗肉一石二鳥。雜誌有印了戲院名字的廣告，我就幻想窮學生節衣縮食，住在宿舍小房間天天以麵包和罐頭番茄豆填肚，放學後匆匆忙忙跳上駛往西盡的紅色雙層巴士，狠狠把所有課餘時間花在伸手不見五指的黑暗空間裏。不是不喜歡美術，但唸書不過是藉口，真正渴望的是看電影和談戀愛──排名有分先後。

毫無精誠可言，難怪金石不開，填了入學申請表格

寄去，隔一陣收到拒於門外的迴音。也不特別失望，抱着一種東家不打打西家或曰大丈夫何患無妻的態度，囉一聲飛到樂意接受申請的美國，一樣歡天喜地。三年後放暑假歐遊，查到該校宿舍夏季外人可以租住，馬上決定倫敦站非在這裏落腳不可，算是報仇也好算是還債也好，這才明白到底是介意的。

後來再沒有在這區住過，甚至連兜圈也少，這回專誠去吃一頓午飯消磨了兩三小時，純粹是意外帶來的意外。抵埗第二天，和同行的前度去皇家學院看大衛鶴尼（David Hockney）展覽，接着向國家畫廊方向進發，計劃在附近喝下午茶。有東張西望習慣的他如常落後三五步，誰不知走到萊斯特廣場忽然失去蹤影，回頭搜索，見他坐在街角建築物窗台蹺起腿彎起腰，沒好氣趨前探問，原來踩中一口釘，正在企圖將它拔出。我以為插在鞋底，義不容辭幫手，又拔又鑽的，拉出來的螺絲釘起碼一吋長，根本插進腳板去了。於是連忙截的士直奔醫院急症室，輪候了兩小時，不幸中的大幸是筋骨無損，注射破傷風針後打道回旅館。

雖然傷者只能以蝸牛速度邁步，可以不走動更好，剩下的一天還是要打發的。旅館門前是巴士站，我研究了一輪，發現十一號駛向俏西。那就搭十一號吧。

住在六十年代邊緣

　　倫敦南簡辛頓那家以已故皇家伉儷命名的裝飾藝術博物館，最近落力催谷的展覽叫《你說你要革命》，撮自資深樂迷耳熟能詳的披頭四（The Beatles）歌詞，匆匆閱讀宣傳文稿，以為展出的是二十世紀中期唱片封面，馬上撥進可看可不看類。和《蘋果》放大假的編輯吃飯聊起，她說前一天借表弟的會員卡去看過了，展品包羅萬有，又說時代剪影有趣，薄弱的意志開始動搖。今季美術界三大重頭戲，一為森馬錫樓的數碼碧玉（Björk），一為國家畫廊的卡拉華治奧（Michelangelo Caravaggio），一為泰特摩登的佐治雅奧姬芙（Georgia O'Keeffe），甫抵埗已經分別參觀，另外聽聞某商業畫廊有三件新的Richard Serra作品，星期六早上也抽空兜了個轉，剩下皇家學院的美國抽象表現派回顧展，心大心細裹足不前──不怕你笑話，多少帶點近鄉情怯，不知道應不應該批准自己重訪又甜又澀的三藩市歲月。

　　懷舊歸懷舊，我可沒有自虐的癖好，衡量一輪，終

於還是選擇直奔V&A。六十年代雖然也埋藏地雷，曾經住在邊緣的租客只要打醒精神，恐怕不會行差踏錯，小學升中學的日子，名副其實飯來張口衣來伸手，唯一的煩惱是考試，然而初戀一帆風順心想事成，成績表滿江紅的隱憂算得甚麼？

展廳充斥同齡洋夫洋婦，風華正茂時曾否跟隨倫敦搖擺不得而知，不排除他們當年各有引君入甕的性感魅力，渴望交配的義勇軍在門外大排長龍，但經濟實惠的大自然媽媽最鐵面無私，一過了使用期限，便悉數回收招蜂引蝶傳宗接代的號召力，把肉身打回肉身。擠擁一些無所謂，更令場面不雅的是觸覺和向橫發展的腰圍一樣遲鈍，戴着聆聽導賞的耳筒，忘形和遊伴大聲說話，嗓子高得像在街市討價還價。幸好人的適應能力真的十分神奇，很快就進入旁若無人境界，沉醉在回憶裏自得其樂。

譬如那些嬉皮士公社圖片，令我記起在新加坡國泰戲院看過的《艾麗絲餐廳》（*Alice's Restaurant*），附庸風雅的小青年昏昏欲睡，單單在聲帶響起鍾妮梅藻的《Songs to Aging Children Come》時醒了一醒：「人們匆匆掠過，他們是否沒有聽到旋律，陣陣嘔啞嘲哳，還有漫笑的和音。」一別經年，花的孩子仍然沒有養成天天洗澡的習慣嗎？迷幻色彩的海報，許多張後來收在《披頭四插畫歌詞集》，我當然曾經擁有，美國Peter Max

開創的畫風，遭嚮往自由新世界的實用美術學生無恥模仿，可惜缺乏大蘇薰陶的右手，描不出行空天馬。最崇拜的Milton Glaser，代表作是今屆諾貝爾文學獎得主卜戴倫(Bob Dylan)肖像，全黑側面配五顏六色鬈髮，遙遙預告他終將以冷肩膀應對最高榮譽的行徑。《時代周刊》破天荒的同志封面，其實緊貼潮流美學，可是瀰漫見光死的中世紀氛圍，不折不扣實況寫照——同期哄動一時的同性戀舞台劇《The Boys in the Band》正在倫敦市郊小劇場翻新重演，本來考慮去看，但連基報也反應溫淡，「過氣」的批評固然令人卻步，有一篇更警告大家，切勿以為前愛滋時期的同志聚會不天愁地慘，我立即打消研究歷史的念頭。

播放《胡士托音樂節》(Woodstock)紀錄片的展廳，地上遍佈一種叫bean bags的時代產物，不虞有詐的男女和當年的我一樣捨身成仁，一個屁股坐上去，為腰痠背痛揭開序幕。久未在眼前浮現的名詞還有tie dye和kaftan，前者是六十年代青年趨之若鶩的服飾時尚，中譯紮染，後者乃源自阿拉伯的長袍，間接推動unisex風氣——unisex也是塵封的名詞。慚愧啊，我真是個淺薄的衣奴，就算駐足展覽火箭升空創舉的櫥櫃，關注的依舊是阿波羅八號乘客的太空裝，不是阿波羅十四千辛萬苦從月球另一面搜集回來的石頭。

相逢何必曾相識

　　路易威登的大老闆以前很少在電視露面，這兩年出現得較頻密，都為了他那間座落布朗尼亞森林的寶貝基金會。人家說發財立品，語氣通常有點不客氣，熟悉課稅制度的專家，臉上更帶個神秘微笑，認為富豪生不帶來死不帶去，之所以一擲千金，不過是某種體面漂亮的妥協。但是這位先生的手筆，格調之高真教人折服，雖然不排除是背後團隊立的汗馬功，個人沒有相當修為，恐怕效果不會如此卓越。

　　就說今年春末東京自家店鋪的歷史回顧展吧，我因為數年前在巴黎卡納華利博物館看過一個類似的，本來不打算參觀，後來聽說展品包括一隻專誠為市川海老藏設計的化妝箱，才急忙上網預定無料門票。去到現場簡直嚇一大跳，無中生有的pop-up展館不是想像中的篷帳，而是線條簡約優美的建築，臨時員工個個精挑細選，不但彬彬有禮而且具模特兒姿色，展覽本身也比巴

黎那個精彩得多，商業宣傳做到一塵不染的層次，不能不歎為觀止。

　　上星期在晚間新聞接受訪問，為的是基金會剛揭幕的Sergei Chtchoukine藏品展——法文裏的俄羅斯名字，往往令英語追隨者舌頭打結，譬如這位的姓氏，不卡在奇形怪狀的Chtch裏足不前者幾稀，實在不若英譯Shchukin一目瞭然。史楚金先生的生平我不熟悉，幸好有紀錄片可以惡補，原來是個品味超前的富二代，十九世紀中生於莫斯科，對當時尚未成氣候的印象派和表現主義另眼相看，莫奈塞尚彼莎洛（Camille Pissarro）一批批運回家去，也賞識馬蒂斯（Henri Matisse）和畢加索，豪宅掛滿他們的作品。火紅的十月革命一來，一切化為烏有，隻身流亡巴黎，一九三六年客死異鄉，藏品遭充公後發放到聖彼得斯堡隱宮和莫斯科普斯金兩家美術館，這次展出一百三十件數量雖少，卻是分家後第一次合璧，兼且以收藏家名號掛帥，有重大的「平反」意義。

　　海報以高更（Paul Gauguin）的大溪地女郎主打——正在讀Will Gompertz的《你在看甚麼？》，副題「一百五十年現代美術一瞬觀」，寫高更的一章狠批他拋妻棄子跑到南太平洋享受熱情美女，我想起龐比度（Georges Pompidou）後人最近上清談節目，揚言「我爸爸是迄今最後一個沒有外室的法國總統」，不禁失笑。此民族的風流一言難盡，許多外國人看不順眼的行徑，他

們聳聳肩甘之如家常便飯，所謂浪漫基因永遠洗不脫。私德有損的藝術家，除非作品站不住腳，地位是不會因家變或家暴動搖的，只要你不是活在他們身邊的直接受害人，唯有隻眼開隻眼閉。

但我一改拖拖拉拉惡習，罔顧人潮第一個周末就趕去趁熱鬧，為的當然不是高更，而是幾幅只看過複製品的馬蒂斯。從前在三藩市，書架有本他的廉價畫冊，斑斕的顏色印得額外明亮，紅的紅黃的黃紫的紫，不留任何想像餘地。常常希望去隱宮看原物，《Time Out》的聖彼得斯堡旅遊指南買了兩版，都未能成行，既然送到上門，哪有不飛撲上前之理？

在兩幅心愛的金魚缸前駐足良久，昔日種種如在目前，但救贖竟然藏在《紅房間》裏。某年前度的外甥舉家來巴黎度假，兩個兒子R六歲H三歲，又趣緻又漂亮，見到亞洲叔叔不怕陌生，問有沒有筷子，我以為早慧的他們對東方文化具濃厚興趣，卻原來看過《哈里波特》（Harry Potter），到處尋訪魔術棒代用品。聖誕我們下鄉過節，順道參觀他們睡房，H的一間其中一面牆髹上他最喜歡的紅色，我回到巴黎找了馬蒂斯這幅畫的明信片寄給他。父母任憑孩子選擇路向，永遠使人感激，十五六歲時我不知道蒙哪部法國電影啟發，趁家裏髹灰水之便，要求睡房兩面牆髹最深的寶藍色兩面髹奶白色，雖然後來大人有「搞到好似夜總會咁」的微言，

到底如願以償。床頭貼了《相逢何必曾相識》(*John and Mary*)電影海報，在德斯汀荷夫曼(Dustin Hoffman)和米雅花露(Mia Farrow)脈脈含情的凝視下入睡，作過數不清的好夢。

他們家後來又添了個小弟弟，上月來住了一晚，十五歲的R已長成翩翩少年。我問H，房間仍然紅色嗎，他靦腆笑笑，點點頭。

盧安河畔的摩利

　　四五十分鐘火車旅程，當然不能算遠，我還是拖了足足大半年，才終於起行到Moret-sur-Loing探K。初來巴黎那幾年，星期天常常和當時的男友郊遊，周邊的小城小鎮去過不少，主要參觀名人故居，藝術家音樂家作家不一而足。此調不彈久矣，這天進到里昂車站，不由得想起老好日子，泰半因為旅伴是早就榮登前度寶座的同一個人，也因為深秋冷冽的空氣，永遠帶着一絲甜蜜的惆悵。

　　先一晚K電郵傳來路程指示，連火車時間表也查了，十一點四十九分的一班十二點三十四分抵達，午餐剛剛好，他說會帶小乖乖到車站接我們，否則人生路不熟，地址恐怕難找。隔半小時一班車，我怕誤點令他枯候，提早去里昂車站，上上下下兜了一圈——上面是古色古香的百年老飯館，米芝蓮推介名落孫山，旅遊指南卻榜上有名，站在外面雖然也看得見漂亮的裝潢，我總喜歡推開厚重的玻璃木門，進到裏面借頭借路問東

問西，讓貪婪的眼睛飽餐前朝美景。另外月台旁邊的大堂，也是值得瀏覽的古蹟，一列長長的壁畫描了法國各地名勝，像放大了幾十倍的二十世紀初觀光明信片，從前不過是可有可無的裝飾，不會駐足仰望的，如今物以稀為貴，說不定幾時改建便灰飛煙滅，儼然歷史文獻了。

火車準時開出。星期四中午，乘客居然相當多，不過第一站Melun就下了一大批，沿途還算清靜。景色越來越美，隨身攜帶的口袋書根本沒有打開，目不轉睛遙望窗外掠過的山光水色。難怪楓丹白露一帶曾經聚集畫家，孕育了巴比松畫派，飛馳而過著名的石頭看不見，黃葉上跳舞的陽光經車速渲染，有如高科技快格攝影，色彩一抹一抹玲瓏剔透，更似印象派掛在美術館的印象。於是順口問：「盧安河畔的小城有沒有出過印象派藝術家？」前度退休前任職羅浮宮，最愛誇耀這方面的知識，沾沾自喜滔滔不絕聽多了簡直令人生厭，這回想了一想無言以對，我驚訝之餘浮起微微扭曲的滿足感。

答案在地主帶領巡城時揭曉。艾弗烈薛斯里（Alfred Sisley）在大教堂附近有間畫室，是他最後一個居所，黃昏近晚路過，挨前才看得清楚牆上的紀念牌。他父親是英國人，雖然生長法國，一直是大不列顛國民，晚年企圖申請入籍被拒，諷刺地也算客死異鄉。毫不起眼的生平細節，掉在我眼中有啼笑皆非的共鳴：長期遊客一當

當了二十餘載，大前年有一次經芬蘭海關轉機飛東京，被疑心重的移民官留難，才乖乖去拿永久居留證，同一條船上的申請者個個朝氣勃勃，最多不超過三十歲，蹉跎到夕陽西照才急起直追的絕無僅有。薛斯里先生還可以大條道理把一切歸咎「藝術家脾氣」，自詡實惠的稿匠怎會糊裏糊塗得過且過幾近四份一世紀，唯一解釋是意識缺乏落葉歸根概念，精神上是個貪圖安逸可是不願付出代價的遊牧民族。

捨棄大城市繁華移居鄉鎮，理由因人而異，局外人不便置啄，然而誰也不若K的原因冠冕堂皇：家裏添了下一代，郊區空氣清新空間廣闊，對小朋友身心俱佳。我住的名副其實是窮巷，只有街頭沒有街尾，放假時街坊小孩會把這一截當作臨時足球場，追來逐往玩得非常盡興，教人聯想翩躚，一廂情願替都會童年塗上美麗色彩。然而在盧安河邊走一趟，我不得不承認新任爸爸的抉擇十分明智，和大自然一比，連最雅麗的印象派風景畫也黯然失色，畫布上的光只有亮度沒有溫度。

翌日天陰下雨，似乎邁進初冬了。摩利半日遊，可能是今年最後一個明媚的日子。

慶幸我遇到了你

縱使早有心理準備，早上醒來聽到賴納柯翰逝世的消息，還是非常難過，網上悼念文章讀了一篇又一篇，遲遲提不起勁吃早餐。上月二十一號他新唱片發行，一早在iTunes預購，當天午夜一過手機自動下載，急不及待連續聽了三遍，深深鬆了口氣。不僅僅因為好聽，更因為莫名其妙有和時間競跑的心願，非要在他還在的時候，分享他最後的光輝。

起床後決定以食量慶賀他的一生，穿戴整齊越過盧森堡公園，金黃的落葉連顏色也有氣味，輕輕哼的是一首不是他寫的歌。《Passing Through》收在一九七三年出版的第一張現場錄音專輯，不知道多久沒翻出來聽了，正奇怪怎麼會在喉底浮上來，忽然心頭一動：歌名正確翻譯不會不是《路過》，但某某的筆向來握不穩，斜斜一滑，不就是《到此一遊》嗎？

　　到此一遊

　　到此一遊

有時歡喜有時愁

慶幸我遇到了你

向群眾宣佈

你目睹我到此一遊

　　最初認識他的時候，他不是先知也不是智者，是個會寫字的多情男子。某個炎熱的南洋下午，頂着火辣辣的太陽去麗都戲院看《江湖豪客俏佳人》(*McCabe and Mrs. Miller*)，雖然領銜主演的華倫比堤(Warren Beatty)和茱莉姬絲蒂(Julie Christie)赫赫有名，羅拔阿特曼可沒有票房保證，慢一步極可能失諸交臂 —— 果然沒有猜錯，映期只得三天，幸好大世界的二輪戲院立即接龍，才有機會一看再看。第一個畫面荒山野嶺陰陰沉沉，男主角緩緩騎馬而來，五官尚未看清楚，毫無防備之下被吉他托着的流水般的歌聲驚震：

真的，你遇到的所有男人都是莊家

個個都說他們已經放棄做莊

每次你給他們遮頭的瓦

我瞭解那種男人

很難捉着任何人的手

伸向天空只為了投降

伸向天空只為了投降

　　天長地久唱下去，沉醉其中不察覺光陰似箭，吉隆坡老友提醒，那是四十五年前。啊，可不是？張愛玲

《半生緣》説的，「日子過得真快——尤其對於中年以後的人，十年八年都好像是指顧間的事。可是對於年輕人，三年五載就可以是一生一世。」女主角在斗室裏抽鴉片，打開窗驅散阿芙蓉鬱金香，那把低沉的聲音又來了：

　　旅行的女士，留一留吧

　　直到夜晚過去

　　我只是你途中一個驛站

　　我知我不是你的愛人

　　我曾經和雪的孩子同居

　　那時我是士兵

　　我為她和每個男人開戰

　　直到夜晚越來越冷

　　緊緊記下名字，散場後衝去附近烏節路商場唱片店找唱片。黑底封面中間一張大頭相，和英俊扯不上關係的歌者赤裸裸望向鏡頭，有種能知過去未來的況味，教我想起操控末代沙皇的魔僧。

未曾去過赫德拉

　　這個故事，我講了又講：年輕的時候趁放暑假之便，揹着背包到歐洲旅行，兩個月期的火車通行證在手，打算親身體驗何謂流浪。抵達巴黎放下行李，買了冊每周娛樂指南研究，竟發現當晚奧林匹亞劇院有賴納柯翰演唱會，這還得了，立即三步併作兩步，奔往票房買票。不出所料，「全院滿座」牌子高高掛起，坐在小窗子後的高寶貓兒愛理不理，當求票若渴的粉絲透明。看來沒有甚麼希望，不過既然一場來到，就當欣賞景點吧，這建築物是法國流行樂壇最高殿堂，前不久電視播的皮雅芙紀錄片，便有她在台上獻唱的畫面。正在東張西望，忽然閃出個打扮趨時的女人，陰聲細氣表示有張多餘入場券出讓，問有沒有人要，我不知哪來的蠻力，也顧不得一口法語七零八落，箭步上前認購。

　　不是黃牛黨，老老實實收門票上印的價錢。遞過來有點猶疑，鄭重附加了一句，語氣近乎「先小人後君子，到時別埋怨」，有限公司法語聽不懂，怕她改變主

97

意，連忙含笑點點頭。時間尚早，興高采烈在附近逛了一陣，草草吃過晚飯進場，才恍悟貴人那句註腳的內容：原來劇院通道旁設有摺櫈，她讓出的一張是摺櫈票，恐防我嫌棄，故而特別聲明。那當然是多心了，有得參與其盛，就算站在牆角也願意，怎會嫌三嫌四？也可能是不好意思，她自己的一張是正常座位，就在我左邊，不排除他們的童話有「孔融讓梨」一類的教誨，雖然是明碼實價交易，不牽涉倫理道德，出於教養不得不按一按。

許多年後在書店見到一本諧謔雜文，書名《點解法國女人食極唔肥》，我馬上想起這位萍水相逢的貴人。說出來好笑，當晚觀眾席起碼一半是這類型的女人，三十來歲，面貌娟好，絲巾不是包着秀髮就是披在美人肩，我暗暗替她們取了個名字：蘇珊。靈感當然來自柯翰最著名的一首歌。那是遠在《哈利路亞》面世前的一九七六年，無線電傳出的低沉嗓子，既沒有minor fall也沒有major lift，只有對一個提供來自中國茶和中國橙的女人的懷念。

那時柯翰習慣以《電線上的鳥》為演唱會揭幕：「就像一隻電線上的鳥，就像一個午夜合唱團的醉漢，我曾經以我自己的方式，獲得自由。」第一個「就像」後頓一頓，彷彿思想還沒有組織好，令人擔憂他會轉頭走回後台，接下來音符一瀉如注，大家才放下心來。這

一晚，《電線上的鳥》唱了三次，因為再見說了又說，觀眾無論如何不肯離開，心軟的他只好重複唱過的歌，瑪莉安依依不捨頻頻回眸，蘭絲沒有掛上的電話響了又響，而蘇珊捧着鏡子的雙手，肯定練成麒麟臂。

散場凌晨一點。人生路不熟，居然處之泰然，從右岸的奧林匹亞，沿着歌劇院大道走向羅浮宮，過橋穿越聖日爾曼，回到左岸第五區的小旅館。春末夏初的陌生城市，天空是銀色的，我躺在床上睡得很熟，由一個夢跌進另一個夢，幸福得笑出聲來。那時怎麼想到，有一天會把巴黎當做家？而家，就在那間小旅館後巷？

九十年代末第一次去希臘，嚷着要到柯翰住過的島看看。據說離雅典不遠，可以即日來回，拖了兩天不了了之，此後幾乎每年都去米可諾斯，有時也想起，卻始終沒有成行。聽到柯翰逝世，不禁惘然，我還未曾去過赫德拉呢。

心中天網島

　　但凡有點文采，甚至毋庸加油添醋，寫出來就是文藝小説了。但我這支筆實在笨，而且動機不良，寫寫寫不外迷信如果回憶化成文字，就可以安安樂樂忘記。

　　似乎是同級不同班的中學同學，或者低我一級，唸書時不算熟絡，反而畢業之後那兩年來往得比較密。七十年代初的新加坡，禁香口膠之外男生禁長頭髮，空氣的封閉可想而知，但上有政策下有對策，作怪的小青年總有辦法找到渠道打開窗戶，探頭探腦望向外面遙不可及的世界，盼望一覺醒來背後長出翅膀，有那麼遠飛那麼遠。買得到英美期刊的地方不多，印度人經營，毛姆書裏常出現的那種，脱英獨立十幾年了，仍然若無其事把殖民地空氣鎖在店鋪，吊在天花板的風扇沒有一刻停過，緩緩轉呀轉的，將自然光過濾成菲林的閃格，彷彿這樣，便能夠活在虛構中。

　　我定期買英國的《Films and Filming》，就算不純粹醉翁之意不在酒，抱的也是一箭雙鵰心理：編輯部介紹

的電影，不知道為甚麼時常有男性裸露場面，大膽的劇照屢見不鮮。BH買的是流行音樂雜誌、周刊，印在新聞紙，視覺上非常廉價，倒也賣得很貴。他迷大衛寶兒（David Bowie），讚得天上有地下無，好奇翻開一看，只見是個打扮妖裏妖氣的排骨仙，並非長期受瓊瑤女士訓練的文青那杯茶，印刷又壞，連五官都分不清，完全不為所動。但他沒有因此嘲笑我落伍，偶爾發現登了鍾妮梅藻的新聞，專誠剪下來送給我，那時我有潔癖，絕對不會肯剪雜誌，很驚訝他的毫不在乎。

也剪過一兩篇柯翰。上星期在倫敦，循例去唱片店東翻西翻，門口免費雜誌架擺了新鮮出爐的《Time Out》和《NME》，本來通常不拿後者，因為年輕人喜歡的歌手十個有八個連名字都沒聽過，免得觸景傷情，這次忽然記起昔日的大恩大德，特別拿了一份，看看有沒有悼念文章。當年打對台的兩大音樂周刊，BH常買的其實是《Melody Maker》，十多年前已經停刊了，如此李代桃僵，真啼笑皆非。

BH死得更早。約莫七十年代末，我在三藩市的時候，他結識了英國男朋友，搬到倫敦去了，八十年代末我趁出差之便，匆匆見過幾次面。說是住在郊區，平日難得出城，一副嫁雞隨雞嫁狗隨狗的幸福模樣，往日那麼熱衷追趕音樂潮流，終於闖進大本營，倒又闊佬懶理。過了幾年，應該是九十年代中，有一天忽然接到也

是住在倫敦的陳先生通知，BH剛剛自殺去世。燒炭，殉情式雙料自殺——根據傳統木偶戲改編的日本片《心中天網島》英譯《雙料自殺》，乍聽覺得怪怪的，容易令人誤會是一個人以兩種方式雙管齊下結束生命，不是情侶實踐但願同月同日死的誓約。恐怕有遺書吧，否則不會拼湊出前因後果：男朋友年紀大了，健康每況愈下，獨活了無生趣，決定一起離開。我願意相信是經過深思熟慮的選擇，縱使難於理解，還是必須尊重。

「炸死了你，我的故事就該完了。炸死了我，你的故事還長着呢！」小說裏的人物可以這樣調侃，置生死於度外，辭鋒直逼王爾德。能夠寫小說，真好。

送給寶寶做管簫

　　巴黎不常遇見菲傭，本來就側目相看，這一位推嬰兒車的因為哼着歌，簡直像天使下凡：

　　Twinkle twinkle little star
　　How I wonder what you are
　　Up above the world so high
　　Like a diamond in the sky

　　車裏的少主睜着淺藍色大眼睛，沒有不耐煩的意思，哼歌的大概自娛成份比較重吧。還沒有唱到第二段，我已經越過馬路，聽不到了，不知道她可像小時候的我一樣，朦朦朧朧就懂這四句，反反覆覆唱到地老天荒。似乎是幼稚園唱遊班教的，之前英語童謠只會配合遊戲的《倫敦橋正塌下來》。殖民地，連黑色鑲金邊的嬰兒車也是英國貨，車身硬淨得直達勞斯萊斯水準，墊子乳白色，那陣塑膠氣味只此一家。不離不棄的泰迪熊，當然亦來自宗主國，毛被我拔得七七八八，和現在守在床頭這隻同一型號，不過不會叫。現在這隻是禮

物。八七、八八年因公出席倫敦電影節，懶得找旅館，住在陳先生家，我說公費預了住宿費，他不肯收，我硬要他收。推來推去，勉強收了，結果臨走送了份厚禮。

很驕傲的，不高興就甚麼人都不睬，胸前掛了圓形波浪邊紅牌子，像每年十一月紀念陣亡兵士的罌粟花。有個來自柏林的弟弟，比他小一年，兩兄弟感情很好，時常在床上玩到天翻地覆，尋找半天，一個躲在枕頭底，一個藏在被單裏。

教會辦的幼稚園，講粵語，那時新加坡還沒有禁方言。年初回鄉探親，有一天弟弟駕車經過牛車水和丹絨巴葛之間那一截，坐後座的媽媽說：「從前聖馬太不就在這裏嗎，你認不認得？」完全沒有印象。只記得學校門口對面有檔魚蛋，放學大人買來祭五臟廟，讚爽口彈牙，但我無論如何不肯吃，因為老師說路邊小食不衛生，怕被看見捱罵，膽子之小傳為一時話柄。還有復活節派對，雞蛋染成五顏六色，放在籃子裏，後來才知道外國人習慣把它們藏在花園花叢草叢中，讓小孩自己去找。

還有那次載歌載舞的聯歡表演。

數月前吉隆坡老友托人帶來一張鳳飛飛的民謠鐳射碟，說等了多年才終於出版，興高采烈與我分享，我向來不迷鳳飛飛，心想這次肯定明月照溝渠了，十分過意不去，不料放進唱機，躍出一首幾十年沒聽過的《紫竹調》：

一根紫竹直苗苗

送給寶寶做管簫

簫兒對準口

口兒對準簫

簫中吹出新時調

小寶寶咿底咿底學會了

啊啊啊啊啊啊

　　那次聯歡表演的重頭節目就是這首歌，一排小女孩穿上改良小鳳仙裝，隱隱約約散發東方獵奇味道。南洋上一代華人的懷鄉，令土生土長的新人類摸不着頭腦，我們家老傭人西姐便念念不忘「返唐山」，出人意表的是直到現在過農曆年，年輕的父母仍然樂於把小孩打扮成中國娃娃 —— 大部份連方塊字也看不懂。或者他們懷念的，不是毫無情愫因緣的土地，而是自己小時候飾演過的異國情調角色？

　　鳳飛飛的歌詞和回憶有點出入，我記得明明是「簫兒對着口口兒對着簫」，而且吹出來的不是「新時調」是「時新調」。那個聽菲傭唱《閃閃星》的巴黎幼兒，恐怕將來聽到莫扎特某段樂章，藍眼睛也會湧起一層迷霧的：熟悉的音符似乎帶着字的呀。

潮來潮去

　　吉隆坡老友近日最大的貢獻，是公開兩首探子替他打撈的歌海遺珠，黃源尹唱的《衷心讚美》和《划船歌》。說是改編印尼歌曲，前者後來另填新詞，成了葉楓的《晚霞》，後者再世投胎，名字變作《甜蜜蜜》，主唱鄧麗君。這真是聞所未聞，連忙找來聽，果然一點沒錯。

　　可是我一向認詞不認調，譬如英國童謠《閃閃星》，明明還有旋律一模一樣的《Baa Baa Black Sheep》，小時候也琅琅上口，喚起溫暖回憶的卻只有那幅閃爍如珠寶的天象圖，最初的印象永不磨滅。教育電視《芝麻街》(*Sesame Street*)常播的《字母歌》，譜的是同一支曲，於我更沒有親切感，因為聽到的時候已經嚴重超齡，ABC倒背如流，毋庸口訣輔助。所以好奇心滿足之後，《晚霞》仍然是《晚霞》：

　　　　眼前彷彿只有我和你

　　　　只有我和你在一起

我們永遠身在圖畫裏

讓天邊晚霞更艷麗

南洋的夕陽，不及塗在巴黎天空那抹多姿多彩，但宣告的消息更令人高興：熱辣辣的太陽終於下山了，跑到室外不再有中暑危險。晚飯前大人領着去附近的海濱公園散步，有時嫌遠，在自家花園前逛逛也是好的，對面屋種了棵大樹，風一吹吹出一群吱吱喳喳的鳥，烏雲一般飛一個圈，又棲息在樹枝上，來來回回百看不厭。屋主似乎是錫蘭人，兩個五六十歲的斯斯文文老先生，白恤衫白長褲，恤衫鈕扣一絲不苟扣到最頂，頭戴巴拿馬草帽，典型的熱帶殖民地紳士打扮，雖然語言不通，卻非常友善。那時一廂情願以為他們是兩兄弟，現在回心一想，恐怕未必是。

我們門口種了兩棵木麻黃，大概是南洋特產，新加坡以外沒見過。不長葉子只長細細的枝條，上面有關節，小心拗開再插回去不易察覺，小孩喜歡玩猜關節遊戲，考對方的眼力。要接駁得不動聲色其實頗費工夫，耐性不夠用力過度，枝身立即露出破綻，一眼就看穿。累了改玩含羞草，隨便撥一撥，葉子迅速合起來，我把它當作和貓貓狗狗同級的寵物，屏息靜氣等合起的葉子重新打開。

當時有一首潘秀瓊唱的時代曲叫《含羞草》，在六七歲小孩耳中歌詞有若天書：

人生就像海上浪潮

潮去潮來有誰知道

潮來就像萬馬奔騰

潮去變作靜靜悄悄

人生就是這樣匆忙

何必再尋甚麼煩惱

我們應該盡情歡笑

不要把那頭低倒

　　潘秀瓊同期的《我是一隻畫眉鳥》牽動的記憶更貼身，生病躺了幾天，不知道為甚麼收音機總是播這首歌，半睡半醒反反覆覆聽着有種奇怪的共鳴，就像關在籠中，「想要飛也飛不了」。漸漸好了，開始覺得餓，油膩的不能吃，白麵包撒一點白糖，簡直天下第一美味。潘秀瓊是當時最紅的土產歌手，首本名曲之一《梭羅河之戀》也是改編印尼歌。黃源尹我不熟悉，一直誤會是大陸人，查一查原來是棉蘭華僑，三十年代赴上海學音樂，抗戰末期回到家鄉，五十年代因為「愛國」再度北上，文革期間鬱鬱而終。那些年，東南亞不少左傾熱血青年投奔祖國，大人諱莫如深，不知政治為何物的小童竟然一樣隱隱約約收到風聲，真不可思議。

聖誕的氣味

才十一月中，倫敦已經擺起聖誕市集了，帳篷搭在心臟地帶最旺的萊斯特廣場，出入劇院必經之地，想不看見也不行。第一次造訪殖民地前宗主國的首都是盛夏，我記得約了當時還在唸書的牛醫生見面，地點定在國家畫廊前——我的主意，沒有電郵的時代，預先透過信件安排妥當，人生路不熟，只好挑最明顯的遊客地標。晚上八點天尚未黑，依時依候在噴泉前出現，他深深鬆了一口氣說，這麼人山人海車水馬龍，恐怕擦肩而過視而不見，白走一趟事小，做不成東道主事大。

但是我更懷念八十年代末深秋的倫敦，從香港飛到希斯路機場，清晨六七點，冷冽的空氣令人非常愉快。因公出席電影節，往往提早一兩天抵達，免得時差影響精神，坐在黑暗空間裏最容易被睡魔征服，散節後再歇一兩天才打道回府，否則連書店也抽不出時間光顧，入寶山而空手回。

那一陣掀起祖俄頓(Joe Orton)熱，日記傳記劇作應

有盡有，適逢以他為題材的影片《留心那話兒》(*Prick Up Your Ears*)公映，不知道哪個是因哪個是果。查寧十字路轉兩個彎就是高文花園，有一年遇上落難美國舞孃趙絲克蘭(Gelsey Kirkland)被邀在歌劇院客席擔綱《睡美人》(*Sleeping Beauty*)，臨時買到三樓門票，居高臨下一樣興高采烈，也可見畏高是之後寵出來的，心病決意不尋求心藥醫。歌劇院一帶越摸越熟，繞過後台出入口小巷，便是保羅史密夫(Paul Smith)總部，再過幾個鋪位是Tintin專門店，tee恤買之不盡。昂貴的保羅史密夫當然買不起，幸好甸街有家月下貨傾銷店，五鎊十鎊就有交易，顧客又少，不像搬到近邦街地鐵站的現址後，簡直成了旅遊景點。他本人也見過一次。那時咖啡店不像如今普遍，如果要吃蛋糕，唯一選擇是老廣頓街的元祖華莉麗，無時無刻不塞滿人，有一天搭枱的竟是著名服裝設計師和兩個朋友，三人嘰嘰喳喳討論某影星緋聞，完全不考慮隔牆有耳。

　　高文花園有個角落叫Neal's Yard，小小的庭院，中古時代格局，鎮院之寶是家香料店，產品裝在夜藍色玻璃瓶，我一直幻想《羅密歐與朱麗葉》的醋睡如死藥裝在同樣品相的容器。斜對面有間嬉皮色彩的咖啡店，木牆木地板木天花板，窗框鬆紅漆，其餘赤裸裸。樓下櫃面點了飲品，付款後要自己拿上二樓雅座，梯級雖然不算險惡，缺乏端茶遞水經驗的緣故，很擔心會出醜，往

上爬一步一驚心。這次忽然想買一瓶手部潤膚膏，去到一看，咖啡店換了字號，旁邊以前常買特色鹹芝士糕的巴西餐館也轉了手，另外外面紐街的素食店Food for Thought也已經結業，就算不至於惶惶如喪家犬，也着着實實無所適從了一陣。

高文花園最遠古的印象，當然來自電影《窈窕淑女》(My Fair Lady)，灰頭土臉的柯德莉夏萍瑟縮在市場一角，終極願望是擁有吃不完的朱古力和燒不完的煤。蕭伯納(Bernard Shaw)構想中滿口破英語的賣花女，或者比較接近英法海峽彼岸的依蒂皮雅芙，荷里活可管不了那麼多，草根階層飛上枝頭後的富貴戲服穿出來破不了票房紀錄，說甚麼都假。八十年代花是買不到了，靠教堂那邊的老式香料店卻有各種不尋常花香的沐浴露洗頭水，冥冥中和張愛玲引炎櫻的名句「每一個蝴蝶都是從前的一朵花的鬼魂，回來尋找它自己」打個照面。我在店裏最大的發現是薰衣服的丁香球，某年十一月底買的，帶回香港壓在床尾，套進記憶成了聖誕的氣味。

多年後再找到一個，J見我如獲至寶的表情有點不屑，說他們小時候大人在家親手製造，沒甚麼稀奇。隔不久買了一袋丁香釘，一顆顆密密麻麻插進橙裏，果然似模似樣，工序雖然煩，毋庸專業訓練卻也能勝任。萊斯特廣場聖誕市集有個賣香料袋的攤位，經過傳來熟悉香氣，連忙停下來問是不是有丁香球，操濃郁鄉下口音

的女小販搖搖頭說沒有，我唯有退而求其次，要了兩個小香囊。誰不知收錢後她打開來噴了噴香油才交給我，我脫口而出：「不是天然香嗎？」她拍心口擔保香油絕對百份百天然，噴了之後兩個月繞樑不散，言下有點責怪顧客不識好人心的意思。不知道為甚麼，似乎連鄉音也不那麼重了。

巡迴看演出

半生不熟的朋友聽聞我專誠從巴黎赴日本觀劇，東京三天京都三天，跟着由關西機場飛回戴高樂，花容失色送上一個瞠目結舌表情，熱切期待的「老當益壯」讚美沒有收到，反而空氣中充斥「此人精神有問題」的潛台詞。哈哈哈，其實比起去年十二月，這回行程不算緊張，那次歌舞伎之外還加上蕭菲紀蓮（Sylvie Guillem）兩台告別演出，十天內東京新潟京都再折返東京，連我自己都覺得有點過份，精於編排旅行時間的黃先生恰巧在京都小住，相約在四條交界永樂屋喝了一碗滋補驅寒的柚子生薑葛湯，他看到我密密麻麻的日程表嘆為觀止，不留情面的評語是「慘過出差」。

這個月的節目額外吸引，除了演員表有兩個喜愛的名字，也因為京都那台在從未去過的小劇院上演。叫先斗町歌舞練場，義務代購門票的大Y說南座閉館進行維修，這家的座位極少，擔心買不到票，我怕等到開票房

才訂機位太遲，唯有搏一搏，幸好吉人天相，兩日四場不但如願買到，座位還非常好。

建於一九二七年，外牆以磚頭砌成，令人想起間諜片那些小歌女一入深似海的軍事總部，有股潮濕的陰沉之氣。臨鴨川的緣故，波光水影添上幾分靈秀，左右都是小木屋，倒也不犯沖。進到裏面果然十分細小，習慣了銀座歌舞伎座的豪華氣勢，簡直似玩具模型屋，包紅天鵝絨的椅子相對低，坐下來有席地而坐的錯覺，馬上想起張愛玲《談跳舞》寫的，「中國女人的腰與屁股所以生得特別低，背影望過去，站着也像坐着」。舞台當然也淺窄，縱使沒有小津《浮草》和溝口《殘菊物語》描繪的鄉鎮劇院那麼破舊，氣氛無疑相近。偏偏台前幕後還要配合環境，不但拉幕時七手八腳，《京鹿子娘道成寺》有一次女主角台上變裝，負責拉掉外層衣物的助手幾乎失手，蹲在地上急步隨着即將現出蛇身的妖女通台跑，方才成功脫殼，觀眾無不笑作一團。

海老藏擔綱的《三升曲輪傘売》本來就像遊樂場變戲法，在這裏看不作他想。只見近在咫尺的他一面擠眉弄眼放電，一面左旋右轉不停變出一把把傘，既倜儻又淫邪，難怪民間故事常有青樓女子跟江湖賣藝人私奔的情節——良家婦女保得白玉身，並非因為她們意志堅定能夠抗拒誘惑，而是根本沒有機會混在戲園子接受春風吹拂。

小思老師一再囑咐，如果坂東玉三郎櫻花季節在南座登台，切記預早通知以便安排行程，大有冶種種風雅於一爐的意思，但我真是個無可救藥的大俗人，一心只希望在塵埃裏尋訪逝去的風流，場地越簡陋越合胃口。譬如四年前三月淺草隅田公園臨時的平成中村座，仿古小戲院以篷帳搭成，入場要脫下鞋子裝在膠袋，江戶風味撲鼻而來。那次海老藏演家傳戲寶之一《暫》，精彩毋庸細表，煞風景的是我起程前患了重感冒，鼻塞事小咳嗽事大，脫了鞋寒氣由腳眼入侵特別刺激，忍咳忍得辛苦極了。新春期間淺草公會堂總有一台後起之秀歌舞伎，下榻旅館漫步過去十五分鐘便可抵達，水準差一點也喜氣洋洋，散戲後回旅館浸一浸風呂才出去晚飯，真是不羨鴛鴦不羨仙。

　　去年海老藏聯同中村獅童演新編的《地球投五郎宇宙荒事》，春季六本木首演大Y小Y看後齊聲說趣怪，八月在名古屋重演，我咬緊牙關冒暑捧場，投宿的旅館離劇場也很近。不過實在十分熱，只能以蝸牛速度爬行，揮汗如雨之際，腦海浮起「為藝術犧牲」五個字。所以說，這次東京京都巡迴看演出，天氣不太冷，毛毛雨只下了半天，實在相當輕鬆。

京都的誤會

看來我是永遠不會真心喜歡京都的了。

一直以來，當這樣的告白換來詫異反應，我都只敢默默怪自己。必定是平日言行舉止不檢點，給人矯柔造作的印象，若隱若現流露妙玉的潔癖，以致生張熟魏想也不想，便認為將我嵌進雲淡風清小橋流水的古城，雙方不會不賓主盡興。但是那句流行的英國俚語，不是說得很到肉麼，「勿以封面評估一本書」，別看我兩袖清風形容枯槁，一副與繁華富貴兩不相干的樣子，結論跳到任何日子在金閣寺前的池塘一站，就巴不得化成一尊石像；不不，那個意境太超然，簡直是生命承受不了的優雅，完全沒有高攀的妄想。

入門入得不對是主要原因。七十年代末第一次來，住在美國前男友某知己的家，這人學問如何不得而知，迷戀東方的一切倒千真萬確，作為義務導遊也很盡責，和日本伴侶共築的愛巢肯定是民宿嗜好者夢寐以求的寶殿，明間暗間一應俱全，傳統地道到連座廁都欠奉。睡

榻榻米的浪漫，事到臨頭才令人想起「書到用時方恨少」一類教訓，因為身上的肉不夠厚，躺下來骨頭噼哩啪嘞響。最大的問題，是如何在各種不利環境下保持彬彬有禮，白天秀才遇着兵，晚上兵遇着秀才，痛苦罄竹難書。那以後，視京都若畏途，成田或羽田空港着陸，一心一意東京東京東京。

　　隔了多年陪 J 遊日本，在情在理不能不去關西，連清水寺都不曾涉足，你以為他肯乖乖飛回巴黎麼，於是硬着頭皮訂了家京都小旅館。最初倒也相安無事，臨走前一天搭火車去奈良玩了大半日，八九點回到旅館，誰不知接待處的職員冷冰冰說，你們只訂到昨天晚上，行李剛才我們收拾了，請另覓落腳地點。接獲晴天霹靂的逐客令，還是生平第一遭，一時之間又氣又急，加上言語不通，雞同鴨講百辭莫辯，差一點沒有當場窒息而亡。 在東京或者大阪，我的應變能力大有發揮餘地，不住時鐘酒店住同志浴室，沒甚麼大不了；然而這血淋淋的鄉下地方，入黑後烏燈黑火，街燈都不多一盞，茫茫人海難我不倒，人影全無才是死症。

　　幸好街角有間小小的派出所，經警察指點，找到附近民宿。定下心來，開始思前想後：早餐的時候，那個老闆娘神情不是有點古怪嗎，拒人於千里之外的態度可能不只勢利這麼簡單，不會是因為見到客人疑似同性戀者，還要是觸目的一中一西，冒犯了他們的聖潔，無中

生有變個法子趕出大門吧？答案沒有，陰影常存，近年
為了歌舞伎偶爾造訪，我往往選擇投宿大阪梅田，阪急
火車四十五分鐘直達河原町，過了橋便是祇園南座，何
必花了錢還要冒看人臉色的危險？何況大阪五光十色的
同志夜生活非常精彩，氣氛教我想起八十年代東京，比
蚊子放屁清晰可聞的藝伎之都強多了。

　　最近這次行程較緊，吩咐自己不可任性，諮詢見多
識廣的黃先生，他極力推薦四條一間旅舍，説距離戲院
很近，而且和我的一站購物商店相隔一條小巷，位置
之理想可遇不可求。姑且一試，出入果然方便，三日
兩夜安步當車，總算略略修正了壞印象。不過京都人的
矯枉過正，倒是數十年如一日：記得五六年前光顧過的
二樓文青咖啡館就在附近，上網查查地址，抵埗後立即
幫襯。下午客人疏落，氣氛尤其凝重，店主簡直把它經
營成一首詩，美得太淒涼了，轉一轉身都有碰碎空靈之
虞，教人停不了自慚形穢。

一年容易

　　旅行可以有多累？日本回到巴黎，大部份時間賴在床上，時差的藉口由七天拖延到十天，轉眼跨越兩星期，簡直沒完沒了。恐怕從此不能不三思而後行，盡量減少飛來飛去為藝術犧牲，幸好張火丁通常演出的城市十面霾伏，已經知情識趣自動打了退堂鼓，耀眼的歌舞伎就只好說一聲抱歉，它有它繼續燦爛，我有我閉門養靜。許多許多年前林懷民老師說的「不斷的累，就是老了」，終於應驗在我身上，所謂警世恆言，不外如此吧？

　　不事生產的結果，是專欄面臨開天窗困局，香港時間下午五時最後截稿，我在歐陸早上九點半才起床，氣急敗壞的編輯小姐唯有再次網開一面，允許以圖片充數。一個賣字維生的人，搞到不停要依賴映象打救，不是不慚愧的，臉皮再厚，也不敢借剛剛仙遊的約翰伯格（John Berger）開脫，雖然他的名言「懂得閱讀之前我們先觀看」非常就手，這樣的橫財可不敢隨便認領。

匆匆忙忙挑了九張照片應卯，狗急跳牆總結過去十二個月的足跡，教我想起小時候喜歡裝模作樣選十大電影，登在報上自我陶醉一番。其實銀壇產量那麼驚人，奔向電影院的腳步再頻密，也是掛一漏萬，高高在上批閱的姿態更加天真幼稚，就像把人家當作芸芸三千佳麗，任憑惡勢力評頭品足，看中誰誰就必須乖乖呆在後宮聽候臨幸。後來知道老派粵式妓寨年尾有類似的盤點習俗，不禁啞然失笑──不一定真的是習俗，但「老舉埋年結」的歇後語「算X數」太生動了，哪個是雞哪個是蛋無關重要。

三張香港三張巴黎三張日本，為甚麼是甲不是乙，或者各有前因。而香港，竟又不是自命最滿意的一組：那次下榻在銅鑼灣，有一個下午從中環搭電車回旅舍，坐在樓上窗邊位置，沿途建築物的凌亂美向來沒有特別留意，忽然覺得自己活脫脫是張愛玲筆下所謂的華僑，「可以一輩子安全地隔着適當的距離崇拜着神聖的祖國」。下車後意猶未盡，在附近兜了一個大圈，走到天主教墳場邊皮，童年初遊香港的一幕躍然眼前。我們住跑馬地，那時林黛逝世不久，權充導遊的遠房親戚興之所至，帶我去參觀她的永久居留所，墓碑都還沒有豎立，要不是圍了一圈熱情影迷，根本不可能找到。先兩年甘先生失驚無神分享新鮮拍攝的墳地照片，十年人事幾番新，何況幾乎五個十年，風雨痕跡在所難免。碑上

密密麻麻的字，不放大看不清楚，其中「戲走極端」四字簡直神來之筆。真相恐怕比較接近「氣走極端」吧，不過哀悼的聲音應該並非粵語，「戲」「氣」唸法有異，是我多心了。

巴黎的三張一朵花也沒有，真對不起前輩們餽贈「花都」美名的心意。沒有考證過，不知道誰是始作俑者，似乎帶着五四運動氣味，和「康橋」「翡冷翠」同一系列。浮沉腦海的，當然是《花都奇遇結良緣》(Charade)，柯德莉夏萍播下的種子，想不到有開花結果的一天。說出來不好意思，我對它從來沒有憧憬，既不曾許願徘徊香榭麗舍，更沒有夢想天天以長條麵包充飢，或者正因為如此，才能相安無事吧？

好些現代藝術學派，強調偶拾的重要性，譬如把畫布平鋪在地上，藝術家爬上天梯將顏料向下傾注，實踐杜麗娘在《牡丹亭》唱的「一生愛好是天然」。笨拙的外行用手機拍照片，追不上日新月異的科技，常常在記憶體留下意外的映象，不對焦的實物形態模糊，色彩額外粉艷。不是說難得糊塗麼，如此這般刷下一年容易的印記，夫復何求。

蛤蜊也是元寶

　　元旦那幾天住處附近的街道靜俏俏，大學寒假還沒有放完，因為三四天不曾離開蝸居，有種久休復出之感，彷彿真的一年之計在於春，雖然冬季氣味仍然濃得很。慢慢踱步到常光顧的餐廳，本來想先打電話問問，但找不到號碼，一看門上果然貼着告示，翌日才恢復營業。腹鳴如雷，忽然想起隔幾條街有家新開的麵店，多次路經見到師傅在搓麵，很地道的樣子，正好可以試試。

　　一個客人也沒有，我問明有餃子才安心坐下。師傅躲在後面廚房，不像平時站在玻璃窗前操作，順便當生招牌。北方人，不高但雙手粗壯，端菜上來毫無笑容，和樓面小姑娘也沒有兩句。看着熱氣騰騰的餃子，《半生緣》世鈞初見曼楨那一幕立刻在腦海浮現：三天年假後世鈞和好友兼同事叔惠相約吃午餐，「他們中午常去吃飯的那個小館子卻要過了年初五才開門。初四那天他們一同去吃飯，撲了個空。只得又往回走，街上滿地都是攢炮的小紅紙屑。走過一家飯鋪子，倒是開着門，叔

惠道：『就在這兒吃了吧。』這地方大概也要等到接過財神方才正式營業，今天還是半開門性質，上着一半排門，走進去黑洞洞的。新年裏面，也沒有甚麼生意，一進門的一張桌子，卻有一個少女朝外坐着。」

當然我的正月是陽曆不是陰曆，這飯堂的光線也充足到一如海明威（Ernest Hemingway）那篇短篇小說的題目，《一個光潔明亮的所在》（*A Clean, Well-Lighted Place*），但是氣氛太接近了。尤其是那十二隻眉開眼笑的餃子，耳邊不期然響起叔惠的聲音：「蛤蜊也是元寶，芋艿也是元寶，餃子蛋餃都是元寶，連青果茶葉蛋都算是元寶——我說我們中國人真是財迷心竅，眼睛裏看出來，甚麼東西都像元寶。」夾起來沾了醋，覺得喜氣洋洋。

對過年過節我一向冷感，除了感恩節，三藩市慣出來的，不過離開美國這麼多年，越來越清楚留戀的並非地域而是時間，張愛玲金句「我們回不去了」貨真價實，多想無益，近年已經吩咐自己漸漸淡忘了。十月有一天在超市買菜，莫名其妙在架上搜索一種叫eggnog的美式秋冬飲品，惘惘的差一點流下眼淚。最後一次喝，是在A陶瓷班展覽會開幕那個晚上吧？小海報還是我替他設計的，黑白線條，複印了十多份，用顏色筆逐張填上顏色，張貼在學校不同部門的報告板。回憶檔案狠狠封鎖了，不料味蕾念念不忘。

將來某一天，我也會突如其來懷念三王餅嗎？一月

份法國家家戶戶的傳統糕餅，據説為了紀念《聖經》三王來朝的故事，特點是餅裏面藏着一顆種子，切開來大家分吃，誰的那一片餡中多出那麼一點點，誰就即席被封為王，糕餅店附送的紙皇冠馬上加冕。熱衷的不是玩遊戲，而是餅本身味道非常好，原始的杏仁餡以外，餅家還推陳出新，開心果柚子綠茶朱古力各領風騷，而且牛油多寡餅身鬆脆度家家不同，由一號至三十一號，每日一款也嚐不完。

雖然説不做聖誕，初來巴黎那幾年，十二月倒一定去嘉尼耶歌劇院後面的百貨公司看活動櫥窗，擠在咿嘩鬼震的小朋友群中，把返老還童進行到底。通常是芭蕾舞之前或之後的活動，一石二鳥雙料娛樂，此調不彈久矣，今年平安夜買了票看《天鵝湖》，場地卻在巴士的歌劇院，一個東一個西，當然沒有加料節目，虛月初在東京路經銀座和光百貨，見櫥窗前圍了一群人，好奇看了兩眼，那隻大白熊笨笨的，答應自己回到巴黎去春天百貨和老佛爺補數，結果也不了了之。

懶得七葷八素，連《星球大戰》(Star Wars)外傳也尚未去看，長此以往不是辦法，聖誕後催促自己進戲院。散場後回家途中繞過奧迪安劇院，走廊不知道甚麼人在地面擺了個陣，有燭光有兒童圖書有玩具有聖誕樹，介於裝置藝術和另類神壇之間，駐足獨自欣賞了一會，感激油然而生：這不比萬人空巷的聖誕櫥窗更珍貴麼？

踏上樓梯時

　　如果遇到艾慕杜華(Pedro Almodovar)，她的故事就是一齣華麗喜劇，裙下三個男人接踵求婚，最愛的一個離別在即，壯健的仲代達矢無福消受，偏偏揀中家有黃面婆的空心老倌，西班牙片名無論叫甚麼，翻譯成中文都可以是《瘦田有人耕》，遙遙呼喚李昂幾十年後披上女性主義外衣的《北港香爐人人插》。但是她生在戰前的日本，時代的破壞說來便來，可不管滿園春花含苞待放，烽煙甫靖，三十多歲走進重建中的銀座，風月場所倒有點清朝餘韻，負責當嚮導的並非喜歡展覽女人最淒涼一面的溝口健二，已經是天大的幸運，田中絹代那種賢惠不是每副五官都適合盛載的，眼淚默默在心裏流，灌溉的可能是一片癌田。

　　深深吸一口氣，一步一步踏上樓梯。上面是男人尋求片刻快樂的交際圈，只許錦上添花，誰 敢眉頭輕輕一皺，恩客立即轉戶口。她把他們照應得無微不至，言笑晏晏點到即止，鹹豬手伸過來，耳畔像忽然響起華爾茲

旋律，腰肢那麼一扭，美妙的身段把她送到安全地帶，打烊後的宵夜明天的午飯，總有辦法推得乾乾淨淨。賣笑不賣身當然是藝術，何況她連賣笑都不算，工作限於撮合甲的空虛和乙的豐滿，交配供與求雙方的靈魂和肉體。尊稱媽媽生，客人熟稔了直接叫媽媽，比手下的服務員多一分矜貴，因為有市無價──男人就是賤。

新復修的拷貝，黑白特別玲瓏，簡直像第一次看。然而那時看不懂也是真的，唯一走過的類似梯級在三藩市，通往一家叫「龍地府」的同志酒吧，跳舞的人盈虧自負，登登登跑上跑下，尋歡之外最多不過謀愛，謀生的少之又少，辛酸如果有，二十出頭的小青年可沒有資格品嚐。不知道為甚麼，倒想起F教授的辦公室也在二樓，和他交往那一陣，應該剛剛瀏覽過成瀬巳喜男的世界，黃昏日落幾次戰戰兢兢往上爬，不是戲前就是戲後。

教東方哲學，據說精通梵文，娶了個美艷的印度太太，穿上金碧輝煌的沙麗出席雞尾酒會，高貴得令人窒息。他的課我不敢高攀，得以零距離親近純屬課外活動。校園的泳池有個曬台，可以進行裸體日光浴，橫陳的通常是心懷一箭數鵰宏願的男同志，我發酵的幽默感悄悄替他們貼上「來者不善善者不來」標籤。F特別矚目，一來浴客以同學少年為主，教授絕無僅有，二來他非常英偉，活生生希臘神話的宙斯，還要是博物館大理

石版本，胸前鋪着媲美辛康納利(Sean Connery)的濃毛，就算在熱辣辣的下午，也撩起取暖的淫念。大家一律穿泳池管理處分發的水藍色泳褲，他一脫下來分數直線上升：美國戰後啤啤潮流行割包皮，初到貴境覺得新鮮，見慣見熟未免嫌光禿禿乏味，偶爾搜獲齊全的傢伙，名副其實如獲至寶。

一回生兩回熟，「有空上來談談」的邀約欣然接納，後嬉皮前愛滋，且又是學生運動澎湃的柏克萊，空氣開放不在話下。短聚過後，一個人高高興興去吃飯，那時常光顧Kip's漢堡，典型大學城餐廳，角子點唱機震天價響，洛史劍域(Rod Stewart)的《盡在今夜》(*Tonight's the Night*)，芝加哥(Chicago)的《假如你現在離開我》(*If You Leave Me Now*)，滾石(The Rolling Stones)的《安芝》(*Angie*)，異性戀男爭先恐後如泣如訴，雖然耳濡目染，拗直功能完全欠奉。要是看完七點半跟着看九點半，兩場之間要祭五臟廟，走去Kip's時間趕不及，唯有幫襯電影圖書館斜對面的小熱狗店——真的十分小，主要做外賣生意，只得四個座位。高腳櫈，和獨撐大局的廚師面面相覷，似乎都是兼職的學生。有一次遇上個愛心大使：「你這麼瘦，加多一條香腸給你。」這樣的情節，當然不會再出現了。

墨西哥獵奇

　　七十年代太平洋電影圖書館放映的專輯可以非常冷門，譬如墨西哥影壇巡禮，令人醒覺除了外勞愛森斯坦(Sergei Eisenstein)和布紐爾(Luis Bunuel)千里迢迢移船就磡，還有美國的奧遜威爾斯(Orson Welles)在邊疆拍了一部《歷劫佳人》(*Touch of Evil*)，默默耕耘的本地人也有一定貢獻。那批導演之中，印象最深刻的是利普斯坦(Arturo Ripstein)，他後來果然成了中堅份子，歷年來佳作不斷，去年香港電影節放映最新的《窮街柳巷》(*La calle de la amargura*)，排在山長水遠的山旮旯場地，仍然不顧舟車勞頓跑去看。巴黎小戲院最近公映《死亡時刻》(*Tiempo de morir*)，一九六六年拍攝，馬奎斯(Gabriel Garcia Marquez)和富恩特斯(Carlos Fuentes)攜手編劇，全新印本，說是他的處男作，不記得加州歲月有沒有看過——只記得《貞潔堡壘》(*El castillo de la pureza*)，因為實在太震撼。

　　下午場，觀眾疏疏落落，不過外面天寒地凍，室內

暖烘烘，坐下來一點也沒有冷清之感。自從康城影展設立經典復修項目，第五區桑普理安街這幾間戲院一年到晚都有煥然一新的數碼版放映，慣見亦尋常，不那麼馨香了。片商總是鄭重其事，海報印得十分漂亮，對摺單張擺在大堂架子上任由路人免費取閱，有時還有明信片，真擔心他們血本無歸。忽然想起，初認識A時以為他有墨西哥血統，皮膚雖然不黑，彪悍而稍欠高度的身形似南部邊境上來的偷渡客，人家說專搜集東方面孔的老外是一種獵奇心理，我倒有點為同胞報仇的意味。說出來他哈哈大笑，嘰哩咕嚕講了一堆西班牙話，讓我誤會自己眼光銳利，卻原來祖宗都是日爾曼族，他十七八歲去墨西哥城唸了兩年美術學院，西班牙話是那時學的。

「總之有墨西哥因緣，我沒有猜錯。」

我們住在十四街附近的橫巷，勉強算卡斯特羅區，穿越同志中心地帶攀過斜坡走到十八街廿四街，是墨西哥人聚居的美臣區，閒來兩人去樂斯戲院看電影，順便吃心愛的墨式薄餅卷burrito。這是我最熟極而流的兩個西班牙單字之一，另一個是maricon，等於粵語的「契弟」，絕對不帶恭維和尊重。當然是央求A教的，免得當街被侮辱還懵然不察，雖然知道了也無濟於事，那是著名的紅番區，白刀子進紅刀子出的驚險鏡頭據說並不鮮見，哪敢逞強回嘴。街角有家救濟軍故衣店，佔地甚廣，可以輕易打發一兩個鐘頭，然而買過甚麼全無印

象，常穿的草綠束腳軍褲購自Haight Ashbury一間剩餘物資店倒記得一清二楚。

也很記得頭幾次約會，他隨身帶着卡夫卡（Franz Kafka）的《在流刑營》（*In the Penal Colony*）英譯本，好奇打開看了兩頁，完全不知所云。鄭重推介波赫士，奉為人間極品，起初我的興趣也不大，後來發現有個口袋書系列由Milton Glaser設計封面，半抽象水彩畫顏色明麗，這才愛屋及烏讀了《沙之書》（*The Book of Sand*）和《幻想生物之書》（*The Book of Imaginary Beings*），由《紅樓夢》和張愛玲的文字跨進另一個世界。回心一想，那幾個漂亮封面未必是Glaser親筆，可能是他老拍檔Seymour Chwast作品，當時他們的工作室叫「圖釘」，風格大同小異。

《死亡時刻》講殺人犯出獄之後，遭死者兒子鍥而不捨尋仇，火爆場面頻頻，先是口角繼而動武，雖然戲中人全無同性戀傾向，怒火中燒口不擇言，對白幾次躍出maricon，聽着難免心有戚戚。數天前在第六區常光顧的二手英文書店，見到一冊波赫士絕版的《個人選集》，拿上手翻翻沒有買，這時後悔了，散場出來天色尚早，連忙趕去。幸好仍然在架上。平日信仰沉默是金的店主這天心情特別好，有一句沒一句開聊：「今晚勢必要用膠袋套着窗外的植物了，天氣預測零下五度哩……」書店名叫三藩市。

圓又圓的遊戲

　　她離開塵世那天，是我們的年三十晚。大年初一早上收到消息，一點也沒有違和感，畢竟是個我行我素的法國女子，遠方的愛慕者送猴迎雞與她毫不相干，況且活到八十九歲，當然有說走就走的特權，拉扯於「我在廣島甚麼都看見了」和「你在廣島甚麼都沒有看見」之間超過半世紀，答案已經不重要。

　　這個冬季巴黎非常冷，盧森堡公園的水池數度結冰，天文台時不時發佈降雪預測，可是市中心始終不曾出現白茫茫景色。是因為起床起得晚，錯過了破曉前的銀妝，抑或濕度和氣溫雙雙擅於玩捉迷藏，太精刮了，誰也沒有找出誰的蹤跡？九十年代末搬來第五區不久，有一天 J 輕描淡寫說剛剛在街頭遇到艾曼妞麗娃（Emmanuelle Riva），「她應該住在索邦大學附近」，不知道結論來自神經質的第六感還是細微觀察。這之前他發現過伊力盧馬（Eric Rohmer）和茱麗葉葛歌（Juliette Greco）行蹤，前者住址經消息人士Divine Ms. M證實，的

確距離我們家數步之遙，後者則無從稽考，反正聖日爾曼一向被視為葛歌主場，彷彿遲睡的她手指仍然夾着燃點於一九五幾年的那根香煙，斜簽着身坐在露意斯安酒店的大堂，決定現眼的究竟是幽魂還是實體悉隨尊便。

「你妒忌。」沾沾自喜的一個發砲。怎説怎好，反正我不認為我是，素來缺乏辨識銀幕下臉孔的天份，除了那次在麵包店和嘉芙蓮丹露（Catherine Deneuve）擦肩而過忽然清醒，歷年來視若無睹的星星恐怕多如天上。不過在阿倫雷奈（Alain Resnais）鏡頭裏遊蕩的這位，倒真渴望有緣一見，外國人總愛將無辜的巴黎女子浪漫化，疊印了荷里活製造的柯德莉夏萍，一天二十四小時表演高級時裝，我雖然嗤之以鼻，倒也有暗暗供奉的模特兒，以正確姿態穿越左岸右岸。對，她就是從廣島原子塵中兜進回憶的無名氏，二十四小時情事到頭來只是無關痛癢的小插曲，往後回到自己的城市，就像甚麼也沒有發生過，身穿最尋常的素色裙子，腳踏一雙沒有款式的平底鞋，默默過她自己的生活。準確的文法，純粹的口音，教我想起十來二十歲在新加坡法國文化中心學法語，課餘在所謂實驗室聽錄音帶做功課，聲帶上那把女聲。平靜，沒有一絲多餘的感情，將課文昇華成莘莘學子嚮往的處世境界。

十多年前她在奧迪安劇院演《米迪亞》（*Médée*），掛頭牌的是伊莎貝雨蓓（Isabelle Huppert），開票房當天一早

去排隊，買到第一排正中位置。那麼恰如其份，連躬鞠謝幕也洋溢謙卑，所以後來她在漢尼卡（Michael Haneke）的《愛》（Amour）擔任主角，演女兒的雨蓓居然出動面上每一寸肌肉搶戲，看着不禁啞然失笑。提名金像獎敗在珍妮花羅倫絲（Jennifer Lawrence）手下，簡直是美國演藝學院史上最大污點之一，頒獎那天還適逢她八十六歲生日，長途跋涉飛來飛去，雖然表現得很不在乎，說晚年有機會大過戲癮已經十分幸福，難免一廂情願替她不值。

沒想到翌年還再踏台板。演的是杜哈絲（Marguerite Duras）的《薩華納灣》（Savannah Bay），蒙馬特斜坡上的工作坊劇院面積非常小，但燈亮起來站在台口的她依舊遙不可及，如詩如幻的台辭尚未出口，觀眾首先迷失在回憶裏。穿一襲酒紅色連身裙子麼？我懷疑記錯了，只是時間釀成的顏色，令我醉得不省人事。

J找到資料，門牌地址一應俱全。果然是第五區，住了四十年。啊，我初次來巴黎正是那個夏季，在這條鋪石子的街上大破慳囊吃了一頓中餐，印象深刻得很。近乎簡陋的樓面，仍然不忘營造東方色彩，進門後有一雕花木屏風，幽暗得帶點《聊齋》氣息。老闆娘似乎是越南人，臉上身上紅的紅藍的藍，嘴角流出西貢市音，非禮勿視非禮勿聽。我們都在兜圈子吧，鍾妮梅藻說的，轉來轉去轉來轉去，置身在圓又圓的遊戲。

蒙娜在讀書

J說，史密夫二樓的咖啡座重開了，問我光顧過沒有。甚麼史密夫？「利弗里路近協和廣場那家你常去的英文書店呀。」哦，書店就書店，怎麼無端端和咖啡座扯上關係？人老了真莫名其妙，天馬行空語焉不詳，東一句西一句，之間的橋樑不知所終，往往令稍欠自信的異鄉人懷疑耳朵法語接收器出現故障。講了半天，才搞清楚原來從前書店樓上是喝咖啡的地方，後來變成書店一部份，我移居巴黎時已經不復存在，所以「重開」根本毫無意義。

隔兩星期又說，他和朋友去過了，沒甚麼顧客，環境很清靜。初來巴黎那幾年，常到史密夫買英國時尚雜誌，還有美國的《訪問》（*Interview*）和《細節》（*Details*），還有花花綠綠的同志期刊，每個月總有一兩次，次次滿載而歸，裝在書包挽着搭七十二號巴士回去十六區住所，毋庸上健身院也能鍛鍊手臂肌肉。物離鄉貴，價錢當然不便宜，我唯有安慰自己，比親赴倫敦或

者紐約採購便宜多了，翻開來以眼睛代步，瀏覽當地潮店食肆，等於最合化算的模擬旅遊。

其實那時並沒有計劃長期留在巴黎，對世界對自己都有不切實際的幻想，以為海闊天空，哪裏都可以去，只是苦於銀行戶口存款有限，缺乏為所欲為的經濟支撐 —— 畢竟不再是十八廿二，冒險精神雖然未曾泯滅，不敢輕率從事。隔籬的草特別青翠，在我心目中倫敦的搖擺從未停止，雙層巴士的誘惑猶如制服之於戀物狂，很難解釋也毋需解釋。摸摸雜誌冰冷的紙張，繽紛的彩色彷彿由手指迅速傳進血液，定期慰藉澎湃的慾望，倒也非常滿足。

史密夫架上的英美大路雜誌很齊全，如果想找另類一點的，就要去對面球場美術館或者龐比度中心的附設書店。打完書釘通常不買，不是不願意支持獨立編輯，而是各式各樣的所謂fanzines太多，買不勝買 —— 八十年代在三藩市，有個既愛詩也愛黃柳霜的小男友就經營了一份，一天到晚遊說我加入共同創作，文藝鴛鴦比翼雙飛的畫面使我不寒而慄，夏天也要穿上茄士咩。數年前他和現任伴侶歐遊，路經巴黎我陪他們玩了半天，末了坐在香榭麗舍行人道一間咖啡店，遊客川流不息的場景，絕對不配襯他當年的氣質，但是年紀大了多少學到變色龍基本技能，環境再格格不入，也不顯得不和諧。

美國人在巴黎，荷里活以歌舞告訴大家是浪漫的，可惜來遲了，正值愛滋蔓延的歲月，同志能夠仰望的

只有Edmund White。後來才知道，他住在龐比度附近一家賣廉價月下貨的書店樓上，店名玩食字，叫Mona Lisait，直譯「蒙娜在讀書」，不過被諧謔的「麗莎」完全迷失在翻譯中。佔地廣闊，貨品琳琅滿目，我專注的是電影、舞蹈和攝影，後一項包括掛羊頭賣狗肉的男體寫真，可想是因為離開同志聚居的沼澤區不遠，對顧客有一定吸引力。純粹欣賞藝術的讀者肯定不乏，但實惠的用家應該更多吧，廣東人罵人該死有一句「打靶仔」，借過來形容可憐的模特兒又滑稽又合適。

最近經過，發現店名改成「快樂的夜鶯」，大概東主已經易手，氣氛倒大致沒有變。很記得在這裏找到一冊珍貴的雷里耶夫攝影集，粗微粒的黑白驚心動魄，彷彿可以嗅到陣陣汗味，彌補了鏡頭凝結動作的遺憾。真奇怪，有些書和書店永遠糾纏一起，連那本殘破不堪的小小電話簿，封面印了馬蒂斯的藍白剪紙畫，我也忘不了購自龐比度後面右側早已結業的角落小店。

每次離開巴黎外遊前，總手忙腳亂到處參拜「繆斯庵」，這天去裝飾藝術博物館看了Bauhaus展，出來天色尚早，雖然灰灰濛濛卻並不冷，信步穿過御花園，終於去了史密夫二樓喝咖啡。果然幽靜，意外的是桌子旁擺了圖書任人翻閱，唾手有一本巨型Beaton攝影作品選，馬上看得津津有味。編年史，六十年代的一章特別美不勝收，尤其兩幅雷里耶夫，無聲無息串聯了起碼四個不同時期的我。

某年某月，蒙馬特

　　聽說有位香港導演拍了部紀錄片講邱妙津，我想一定去過蒙馬特取景。某年某月，她不是在那個小山坡寫下遺書嗎？作為非讀者，這是我印象最深而且一直不明白的，好不容易才搬進萬人景仰的文藝特區，怎麼不活個淋漓痛快，反而剝削了自己生存的權利？難道山長水遠來到巴黎，就為了自盡可以有個令人羨慕的背景？

　　問題問題問題。

　　是九十年代初，尚未正式安頓下來的日子，因為手頭拮据，不得不香港巴黎兩頭飛，在電影節打散工換取生活費。有一次從戴高樂機場回到第十六區的住所，恰好是星期天，老實不客氣的時差填滿五官，全身骨頭分不清究竟是懶還是賤，總之癱瘓如爛泥，J看不過眼，硬把我推上他那輛破舊的淡灰色Peugeot，說去兜風。也不知哪來的靈感，大言不慚表示要複製Claude Lelouch著名的八分鐘短片《約會》（*C'était un rendez-vous*）—— 當然是慢版，那輛承繼自他爸爸的老爺車已經處於強弩之末，

不出兩三年便全盤作廢，風馳電掣絕對沒有可能。恐怕不久前在深宵電視看過，路線跟得幾乎十足十，海豚廣場、霍殊大道、凱旋門、香榭麗舍、協和廣場、羅浮宮、歌劇院大道、皮格爾，最後停在山頂聖心院外。一個鏡頭直落的短片，這時揭曉和時間競跑的原因是佳人有約，典型法式犯罪藉口，雖然途中飛起幾隻驚惶失措的鴿子，比吳宇森更吳宇森。

之前當然去過蒙馬特，但我堅決把這回當第一次，方便存進記憶檔案。《天使愛美麗》(*Le Fabuleux destin d'Amélie Poulain*) 尚未面世，光影世界裏只有這麼一個冷門的標記，知道的人不多，尤其是慕文藝之名到來朝聖的高檔男女。勒勞殊根本不上台盤，藝術聲名固然不如同齡的新浪潮健將，論商業成就也不及後來居上的洛比桑 (Luc Besson)，就連在康城影展掯了座金棕櫚獎的成名作《男歡女愛》，最近複刻公映也好像只在第六區的雅里勤戲院映了一周，拉丁區有品味的二輪影院不屑一顧。

天已經亮了，九一還是九二年，終將以它作為自殺地點的台灣女同志應該還沒有抵達。後來隱約聽到消息，我不懷好意對王姓港產文青說：「看，壞習慣不改，下一個就輪到你！」所謂壞習慣，指的當然不止是抽煙。龐比度中心前的空地，下午常常有人賣藝，那時有個嬌小的東方女子，表演項目別創一格，美其名曰跳

舞，吸收地氣的程度羨煞瑪妲葛蘭姆（Martha Graham），躺在地上蜷縮在一層透明的膠布裏，蠕蠕如企圖破繭而出的蠶蛹，沒有前戲沒有高潮沒有事後煙，似乎托底音樂也欠奉，平淡如水童叟無欺，倒一樣有圍觀路人丟銅板。我神經質地暗暗把她稱為邱妙津，一廂情願疊印一張見都沒有見過的臉，她是女子她也是女子，兩人的唯一共通點只有這麼多。

隔幾年去台北逛誠品敦南店，好奇翻了翻絕筆小說，簡直看不進去。何苦來哉，把自己一寸一寸活進書寫，不比抱着文字玉石俱焚好麼，我們這些貪生實惠的低等生物，只求現世靜好歲月安穩，最怕騙子化名愛情敲門行兇，完全不敢深究她的重重鬱結。「我是來求生的，不是來求死的」，某部言情片的對白，場景不必是巴黎。

東方女子早在龐比度中心消失了。上月去看Twombly回顧展，出來見到四個亞洲男子玩音樂，樂器古怪旋律也古怪，曲罷趨前查詢，原來是蒙古人。答話的一個單眼皮小眼睛，大概不覺得自己美，於是更美。

長廊另一端

　　龐比度中心六樓外面那條透明的管狀長廊，總令我有處身科幻小說之感，尤其在自然光線發揮特別視覺效果的時候，彷彿現實的一周七天一天二十四小時一小時六十分鐘這些定律，瞬間完全失去意義，連生和死兩個字都有不一樣的筆劃。關於邱妙津的紀錄片，揭露了她自殺之謎嗎？不論動機是看展覽或者看風景，踏上著名的扶手電梯去到頂層，我記得那個位置曾經一再有人凌空躍下，為自己的生存劃上句號，由長廊另一端眺望，便是名副其實的盡頭，她告別塵世的路線，不會專程拐進市中心第四區吧？

　　有人說，蒙馬特是巴黎的一個村落，住在那裏的人自給自足，基本上不必長途跋涉「出城」也能安居樂業生兒育女，事實上有些居民真的與世隔絕，一輩子連香榭麗舍都沒有去過——艷舞他們有歷史悠久的紅磨坊，毋庸光顧麗都癲馬。想像中以自盡結束一生的台灣女子，應該比閨秀更閨秀，活在文藝死在文藝，眼中沒有

風花雪月也沒有柴米油鹽，從戴高樂奔往蒙馬特的計程車，窗外一切都是浮雲。

當然全猜錯了。

春節在新加坡順口問建築師朋友，書架上有沒有那兩本戴着小說面具的自傳。獲得肯定答案的期望並不高，相識滿天下的老先生交際網雖然不乏女同志，但似乎不很關心女女世界的花花草草，業餘灌溉的是其他品種植物，想不到他慣性遲疑一陣，竟把《鱷魚手記》和《蒙馬特遺書》找了出來。拜年的親戚本來不多，從前我嚴守未成家立室者沒資格派利市的祠堂規矩，不敢隨便鬧革命，這幾年見到隔了一代的小輩又天真又可愛，高興起來傚仿天女散花，也並沒有報窮破產，可知付出量之小。閒坐着無所事事，打開書一頁頁翻下去，倒也津津有味。

缺乏文藝氣質的關係，只能尋找其他簽證邀遊那個世界，首先就發現，作者生前的活動範圍不但不局限於陌生的小區，還衝出巴黎去東京探訪另一女友哩，日常接觸的人也委實不少，一方面為正印花旦鼓起勇氣擔演《夜奔》而呼天搶地，一面和B女C女D女鬼混，齊天艷福絕對不遜於據說有遍地風流性格的男同志。別誤會我歧視，只是奇怪社交如此頻繁的蝴蝶，也有燈蛾的撲火志願，並且狠狠搬演遺書設計的諾言，將自己永遠停泊在二十六歲。冷血的讀者只能冷笑，這不是牛魔王找

不到鐵扇公主的血淋淋童話是甚麼，枕邊人本來就對她們共享的性生活不滿意，還要飽嚐拳打腳踢，沒有翻過《孫子兵法》也會萌起三十六着走為上着的念頭吧？自我中心的人缺乏幽默感之餘，也不懂得由肚臍眼抽身，跨進其他人的角度瞄一瞄自己，那句「沒有人搶得走你，也沒有人搶得走我」，不是不似祝英台哭墳的，就像到處都是張牙舞爪的馬文才，看似超越塵俗，然而有農村婦女最根深的恐懼。

有一位離了婚的台灣太太，多年後在香港某劇院重逢，旁觀者想不透當年我們認識的地點怎會是愛丁堡電影節，她翻翻白眼尖起嗓子說：「你忘了嗎，我那時嫁不對人。」大概是閩南語直譯，掉進廣東耳朵卻毫無隔膜，哈哈哈笑了半個晚上。性格決定命運，縱使那一位並非女同性戀者，以豁達自嘲作為治療傷痛的方式，不也值得借鑑麼？

從前三藩市我們家後面，街角有間女同志酒吧，名字似乎叫Scott，我一直想進去看看，A說，你找那些衣着品味和你一模一樣的香港叻女朋友陪你去吧，可惜問來問去沒有人感興趣。他那時天天迷頭迷腦讀科幻小說，除了Philip K. Dick還有Stanislaw Lem，前者被我戲稱同志色情專家，後者則得到哎吔親戚美譽。倒不記得，他逝世一年前來巴黎看我，有沒有帶他去感受龐比度中心的時光隧道。

星期天和三藩市

　　飯敘提起新編崑劇《春江花月夜》，關心票房的旁
聽者探問文化中心上座率，我說第一晚樓下似乎座無虛
席，第二晚因為沒看不知道，張女士接口：「第二晚是
星期六，觀眾應該更多。」咦，首演她也在場，不是星
期二嗎，第二晚分明是星期三呀，怎會忽然變成周末？
曾經為人師表的她笑道：「哎呀，退休後分不開究竟是
星期幾了。」我們這些幾乎從來沒有全職上過班的社會
寄生蟲，當然不配獲得糊塗的幸福，職業後遺症完全免
疫，尤其在外地流離浪蕩，承傳自農村生活的日曆，每
周七天的命名各有前因，淡淡的色彩抹也抹不掉，不若
效顰的東施敷衍貼上一二三四五六，掉以輕心的使用者
顛三倒四在所難免。

　　除非天生有張愛玲的敏感度——她在散文《必也
正名乎》說，「即使在理想化的未來世界裏，公民全都
像囚犯一般編上號碼，除了號碼之外沒有其他的名字，
每一個數目字還是脫不了它獨特的韻味。三和七是俊俏

的，二就顯得老實。張恨水的《秦淮世家》裏，調皮的姑娘叫小春，二春是她的樸訥的姊姊。《夜深沉》裏又有忠厚的丁二和，謹願的田二姑娘。」這方面我當然望塵莫及，譬如在巴黎，一離開熟悉的第五區第六區往往就鬧笑話，十三十四混為一談，七和八交叉感染，不過星期幾倒很少弄亂，特別是星期天，氣味的只此一家猶如體香體臭，透過溫度和濕度的渲染，無論如何不會忘記。

上星期天早上九點多，上環橫街窄巷靜俏俏，出了住所大門打算到斜對面的茶餐廳吃早餐，忽然見到路邊有個娛樂圈幕後名人截計程車，衣衫襤褸一面倦容，「此君乃基佬」的八卦傳聞自動在耳際響起。這區頗多同志酒吧，星期六午夜生意興旺，裏面水洩不通，顧客都站到行人道上，他大概覺得合心水獵物，風流過後打道回府吧。再想一想，不對，不見得人家待酒吧打烊後躲在暗角翻雲覆雨，即席揮毫就地正法，我肯定把記憶中青蔥歲月那些荒唐的翌日早晨，硬生生剪貼到無辜的張三李四身上去了。

無巧不成書，早餐後見到手機「來電未接」欄出現陌生號碼，按一按傳來略帶沙啞的風騷男聲，自稱舊同學，我一聽立即認得是黃金鳳，隔空熊抱再飛吻，說是數天前抵港，問抽不抽得出時間見面。三藩市早期有賴他無私照料，新客的日與夜才得以對焦，此恩此德

沒齒難忘，近年他交了個當空少的小男友，時常美國香港兩邊飛，一有機會總要請他喝茶。他一度租住我們上課的美術學院附近一間小cottage，屋主在後花園非法搭建的，環境十分瓊瑤文藝，林青霞林鳳嬌一應俱全，但浴室廁所欠奉，大急小急都必須穿花拂柳用主屋的衛生設備，遇上狂風暴雨尤其狼狽，也不說夜晚可能和在草叢活動的野生動物打照面了。這一切不利條件，並沒有澆滅他好客的熱情，放學後老招呼我和另一位也是來自南洋的書友回家吃飯，桌上墊着空運而至的《明報周刊》，擴音器播出足本《帝女花》和《紫釵記》，鄉愁如果有，解藥不但靈驗而且可口。

Cottage賜飯的日子，最記得有一次煮意大利粉，麵熟後金鳳以優雅姿態探身出露台，能屈能伸的玉手準備把熱水倒進花園的溝渠，誰不知馬有失蹄，連水帶麵統統倒掉了，像西諺說的，洗澡水嬰兒一齊付諸東流。殘局如何收拾，我一直想不起來，恐怕笑個天翻地覆，三步併作兩步跑到電報路那家廉價餐館享受正宗意大利粉去了。

不久後他搬到大街的公寓，與小資文明生活正式接軌，呼朋喚友作風變本加厲，有幾個香港女同志喜歡攻打四方城，星期天吃完午飯一聲「開枱」，噼噼啪啪打到華燈初上。偶爾參與，越怕會輸零用錢越容易不翼而飛，而且有個朱同志稱為「女人夏娃」的牌友，雙手戴

滿金銀珠寶，洗牌時左右開弓，好幾次被她撞得皮破血流，漸漸就不肯下場了。

　　而且認識了Ａ，於是毅然揹上重色輕友罪名，星期天和三藩市之間，劃上談戀愛的等號。

傻婆

　　約黃金鳳見面一波三折。本來講好的咖啡店在街尾，我提早十分鐘去到，只見高朋滿座，兼且擴音器傳出的青春節拍分貝強勁，就算不介意搭枱，聊天也聽不到對方說甚麼。正想手機聯絡，通知他更改地點，抬頭一望，熟悉身影在對面行人道出現，迎上前急切交代，匆忙間連不可或缺的熊抱也從略。街頭找到間清靜的，高高興興坐下，誰不知侍者遞上餐牌，才發現沒有咖啡沒有茶，只有啤酒雞尾酒，非醇酒美人們面面相覷。只得又換，終於在街中心的港式甜品店安頓下來，奇怪的是長居加州大利城的他，對久違的合桃糊蓮子茶竟然無動於衷，反而挑了老派人列為「生冷」的不健康食品，與非溫水不喝的同齡港男港女大異其趣。

　　陪他赴約的朋友口沫橫飛，細數店家歷史，他似乎無心裝載，延續美目盼兮的終生事業環顧四周，忽然指着招牌噗嗤一笑：「哎呀，我仲以為間鋪頭叫『傻婆』㗎！」美術化的「聰嫂」二字，驟眼果然有點像「傻

153

婆」，連忙讚他觀察入微：「人家說甚麼人看到甚麼，一點也沒有講錯！」

話匣子溜出來的人物，無一不是舊時相識，離世往生的越數越多，我忍不住問：「那個肉山妲己，不知道還在不在？」初抵三藩市，黃金鳳義務權充帶街，一晚路經都板街一間小餐館，裏面燈火通明，他以比華利山明星之家導遊口吻説：「坐晌收銀機後面嗰個，咪係秦小梨囉。」南洋荒島長大的野人，自幼沉迷粵劇電影的緣故，和母親會唱兩句粵曲的他完全沒有溝通困難，普及文化奶這點真神奇，別的副作用不得而知，產生天涯若比鄰效應卻是必然的。講得興起，翹起蘭花指模仿退役名伶自嘲：「鬼咩，舊底大明星，家陣就丟那星！」實在維肖維妙，幾十年後音容宛在。

他昔日的「情敵」法蘭克和盧蘭素都走了，語氣倒不帶一絲寂寞，當然是因為感情生活豐富，根本沒工夫傷春悲秋。「情敵」是泛稱，當年亞洲同志社交圈有塘水滾塘魚特色，懂得欣賞東方美的米皇后不多，來來去去那幾個，艷壓群芳的高班馬，甲的前度和乙有過一手，跟丙及丁也分別拍過拖的合家歡個案司空慣見，還不計同時一腳踏幾船那些花心蘿蔔。那兩個台灣小旦是防腐劑代言人先驅，真實年紀向來是個謎，傳説剪埃及妖后髮型的前者有一次約會遊車河，不虞有詐的男友瞥見他身份證的出生年份嚇到魂飛魄散，結果釀成車禍。

黃金鳳的知己丹尼斯是越南華僑，姓馮，健身尚未風行，已經練得渾身肌肉，二人體高相若，閒來緊密綵排舞步，可愛猶如一雙活動東方娃娃，周末登上會所舞池大出鋒頭。丹尼斯唸電影，畢業後移居羅省當同志小電影導演，因公濟私因私濟公，工作娛樂共冶一爐，簡直羨煞旁基。可是隔了幾年，傳來他死於非命的噩耗，典型情節發生在認識的人身上，震撼特別大：遭被游說出鏡打真軍的無業青年謀殺。細節我一直沒有問，免得金鳳哀痛，這次他自動提起，語調十分平靜，於是探聽疑兇是否逍遙法外。「早捉到了呀，是兩兄弟。」判了多少年他沒留意，不過丹尼斯看中的不會不是可口小鮮肉，關進監獄不啻送羊入虎口，捱不捱得到放監的一天還真成疑問。

　　咦，那時黃金鳳和丹尼斯，不是喜歡稱對方為傻婆嗎？一天晚上前者按我的門鈴，開門一看嚇壞了，他不但花容失色而且滿口鮮血：「同個傻婆去跳舞，他不慎失手撞傷我。」之所以向我求助，因為我鄰居是個見習醫生，沒有醫療保險上急症室太昂貴，希望熟人伸出援手。這個故事疑點重重，我也一直沒有問，下次見面，一定要問個水落石出！

再世紅梅雜記

買的時候覺得有點眼熟，可是不疑有他。

從成田機場回到赤鱲角，放下行李趕往文化中心看新編歌劇《紅樓夢》，天氣比東京暖和多了，沒必要穿那件漂亮的新外套。翌日氣溫驟降幾度，香港人這方面向來緊張，就算只不過由十九跌到十七也大驚小怪，天氣報告員忽然個個變成語重心長的慈母，殷勤奉勸市民強飯加衣，星期六上午中環行人非常疏落，以往工蟻上半天班盼望假期的喜感蕩然無存，大概辦公室都奉行每周工作五天的文明制，否則人山人海，不一定留意到擦肩而過一個陌生女人的禦寒配件。濃紅似酒的針織羊毛頸巾，雖然面積小得多，顏色和線步和我從前那條一模一樣，這才如夢初醒：怪不得購自表參道尾橫街小店的外套似曾相識，根本是久違的老相好。

赴美升學前我祖母打的，是我衣櫃裏唯一的所謂溫暖牌，可惜早就下落不明。報名既遲還要等簽證，到了萬事俱備匆匆起行，人家已經開學了，離開新加坡後我

倒不慌不忙在香港住了三五天，因為南洋很難找到時式冬裝，過境由原居購物天堂的祖母帶領我到百貨公司添置。她是繼室，我六七歲時親生祖母去世了，隔幾年不知道甚麼人介紹我祖父認識的，用「一拍即合」形容前輩的姻緣似乎有點不敬，但恐怕距離真相不遠。七九年我放洋後第一次回家探親，有一天傍晚前廳只剩祖父和我兩人，我記得我坐在那張有勾破衣服危險的矮身藤椅裏，他突然說：「趁後生搵番個人啦，第時老咗需要照顧㗎。」眼前不禁一黑：還有好幾年才滿三十歲哩，不要說想都沒想過和異性共偕連理，就算與同性天長地久的計劃也欠奉，幸好那是生平僅有的「催婚」事件，此後不論父母抑或遠親近戚都沒有人提，大家心照不宣。

他可想是經驗之談。七十左右曾經中風，痊癒後才興起續弦念頭，當然基於一種對暮年的惘惘恐懼，彷彿未雨綢繆，預先徵聘可靠的私家看護。細嫲之前在中學教家政，退休後毅然遠嫁南洋阿伯，頗有罔顧世俗的新婦女氣象，偶爾興起下廚表演嫁妝菜葡國雞，證明確有幾度板斧。起初舉家上下讚不絕口，然而每次都是葡國雞，而且胡椒粒越落越重手——「胡椒好，胡椒驅寒驅風」——不免有點走火入魔，表示欣賞的客套就漸漸收起了。

他們婚後定居新加坡，但一年總有好幾個月在香港，我飛去度假時被新的一批親戚搞到昏頭轉向，舅公

姨婆一大堆，好像還有契姑姑。跑馬地公寓租出去後，他們住上環，也是自己物業。有一年不知道為甚麼搬到九龍窩打老道，簡直像去了另一個城市，兩星期下來也只勉強認得彌敦道。應該是一九六九年，十六歲的我剛剛中學畢業，旅遊台灣後去香港打了個轉。那確是冥冥中改變一生的旅行，因為發現仙鳳鳴在利舞台演《再世紅梅記》，祖母大展神通臨時弄到三張大堂中座門票，對粵劇毫無興趣的祖父見是名伶粉墨登場，破例欣然同往。沒有地鐵的年代，放工時間過海十分費時，急也沒有用，抵達銅鑼灣已經遲了差不多一個鐘頭，他們還要在附近買兩個雞批才施施然進戲院。一坐下幕就拉起，任劍輝一出全場觀眾熱烈鼓掌，祖母說：「係咪喔，都話會遲開㗎啦。」很久以後我才知道那是第二場《折梅巧遇》，第一場《觀柳還琴》完全錯過了，好端端的村姑盧昭容忽然化作艷鬼李慧娘，看得一頭霧水，劇情轉折遠遠在理解範圍以外。

誰又料到，隔了三十餘載，竟然有幸加入《再世紅梅記》修訂重演的團隊，而那條濃紅針織頸巾，又會轉世投胎，變成一件音容宛在的外套？

又一間咖啡室

上次在新加坡約PH和BK見面，他們挑了一間聞所未聞的咖啡店，上網搜索，原來位於小印度區，從我家搭十二號巴士可以直接抵達，雖然下車後要步行十分鐘，倒也方便。怕找不到，而且下午兩三點太陽猛烈，只能以烏龜速度爬行，時間預得充裕，誰不知拿着手機的網絡地圖一找便正中紅心，結果早到了十五分鐘。坐下四處打量，骨子的設計，摩登得來相當舒服，鄰桌一個穿白背心的顧客正在低聲向同伴吐苦水，連經驗豐富的老馬，也猜測了一陣方能確定是男是女，想起BK説店家非常同志友善，忍不住噗嗤一笑。

吧枱上玻璃罩罩着兩三款蛋糕，排頭的一件碎碎灑了椰絲，賣相美麗優雅，有種教人一看芳心默許的魔力。人未齊先點食物於禮不合，縱使是熟朋友，露出餓鬼饞相可免則免，於是直等到他們來到，問寒問暖一輪，才向待應生表示意願。他笑答：「真不巧，剛剛樓上客人點了最後一件。」哎呀，口福沒有就是沒有，忽

然想起披頭四金曲《挪威木》(*Norwegian Wood*)的副題，「這隻鳥飛走了」。

這次巴士路過，不是沒有衝動下車尋芳的，但那區實在欠缺其他具吸引力的景點，吞了吞口水就算了。天生本來懶，年紀大了每況愈下，像近年最喜歡的P.S. Cafe，也是嫌路途遙遠，不一定次次回來都光顧。在植物園對面棄置兵營的叢林裏，起初搭計程車來回，一闊何止三大，後來發現十四號巴士去到烏節路附近，轉車便利得很，總算打救了緊縮的荷包，烈日下攀登斜坡十五分鐘的艱鉅工程，唯有當作誠意的考驗。新加坡店舖不流行取中文名字，否則這家大概可以叫「又一間咖啡室」——寫信簽名後意猶未盡來個P.S.，用中文不是「又」麼？不過南洋翻譯別創一格，想當然未必當然，譬如前年楊凡導演讓我看他一篇新稿，拜會的富貴太太住在星洲「菊容路」，恍惚墮進尹雪艷一流民國遺民的迷魂陣，想了一想醒悟原來是Jurong，只好如實稟告：「他們沒有您這麼詩情畫意，定譯『裕廊』。」

P.S.有好幾個鋪位，我只愛藏在熱帶森林的一家，大門樓分店雖然有微微的殖民地風情，地理環境差遠了，烏節路那家位於熱鬧的購物中心，更加毫無情調可言。號稱新加坡香榭麗舍的名店街，歇腳喝茶的地方不愁沒有，但好的可遇不可求，早幾年有家「吐司」我非常喜歡，一款和貓王艾維斯(Elvis Presley)同名的花生醬杯蛋

糕美味極了，被我奉為鎮店之寶，因為座落商場邊皮角落位置，勉強算鬧中帶靜，可惜已經結業。其實留在這裏的回憶不盡愉快，我媽媽患病時，化療的醫院在斜對面，好幾次我陪她進了冷冰冰的病房，一個人過來咖啡室打發時間，忐忑的心情，閒書翻了一頁又一頁。坐得無聊便去唱片店，很記得試聽耳機傳來中孝介既剛且柔的聲音，第一回聽，驚為天人。我媽媽奇蹟地擊敗癌魔，唱片店倒沒有了，中孝介後來的歌也不好聽了，世事可真難料。

此行為的是參加侄兒婚宴，星期六下午溜出去逛街，逛了沒多久便想喝咖啡。商場新開了Lady M，門外排長龍，少說二三十人，雖然物離鄉貴是常理，旺到這樣實在出人意表。紐約某女性朋友愛他們的招牌蛋糕愛得發瘋，我和K捨命陪君子，通常外賣，有一次到圖書館找書，就近在店裏吃。後來新聞報告，當天颳大風，將圖書館公園一棵樹的枝葉吹下來，壓傷了路人，正是我們和M女士歡聚的時刻。不禁捏一把冷汗：要是沒有座位，八成會買了帶到街上享用，極可能坐在那棵樹下。

數年之後偶爾和K提起，他居然一點印象也沒有，不知道是他患了失憶症，抑或我患了妄想症。

獨立橋之戀

　　無意間在二手書店找到尚高克多(Jean Cocteau)《我的第一次旅行》(*Mon premier voyage*)英譯本，簡直如獲至寶，雖然書名改成比較商業化的《八十日再次環遊世界》(*Round the World Again in 80 Days*)，玫瑰仍然是玫瑰。一九三六年三月二十八日由巴黎出發，四月二十九日抵達新加坡，二十一世紀回看當然名副其實蝸牛速度，但追隨他又郵輪又火車的，停完希臘埃及再停印度，經過檳城馬六甲才來到我的故鄉，一路上驚險百出樂趣無窮，不覺緩慢反而嫌太過蜻蜓點水。時間就是這樣吧，空曠得漾蕩迴音，視乎你填甚麼進去，意義可以判若雲泥。

　　「新加坡是亞洲最健康的港口，除了偶爾幾宗瘧疾，沒有人生病。處處都見遊樂場、網球場、足球和壘球場，人群坐臥在望向海洋的草地上。這是英國人知己知彼的政策，假如你能夠令人民開開心心，他們便不會謀反。」既然下榻阿達菲酒店，筆下形容的肯定是市政

廳前那爿後來國慶日用來閱兵的大球場，和對開海堤的伊莉莎白散步公園，當地華人俗稱「海皮」。小時候吃過晚飯，爸爸要是建議遊車河去海皮，我總是非常高興的，並非因為懂得欣賞漆黑一片的風景，而是因為路邊有賣雪糕的流動小販，切成長方形的三色雪糕夾在兩片威化餅中間，朱古力、雲呢拿和士多啤梨，遠在學到成語「美不勝收」之前，舌尖已經切切實實領略過那番滋味。

砂勞越的遠房親戚到訪，地膽陪他們觀光，似乎有海皮噴泉的留影，景緻比同一地點後來的噴水獅身魚頭美多了。竟然還有搭建獨立橋之前的記憶，兜過火城一座轟然的煤氣塔，才去到市中心。建橋期間大人交頭接耳，傳遞橋躉必須生葬童子祭神的謠言，否則建築不會穩固，拐子佬正四出尋覓祭品，古老迷信不知道源自唐山抑或據說精於降頭術的土著，掉進適齡的我敏感的耳朵，震撼力強過八級地震。直到如今，還相信確有其事，風馳電掣過橋的時候，時不時冒起一陣感激，那個沒有活過五六歲的無名男孩，縱使守護橋底並非出於自願，也間接成全了周圍其他兒童的人生。

啼笑皆非的是，當年貴為地標，有股脫殖的本土傲氣，香港電影公司以南洋作背景的影片便開門見山取名《獨立橋之戀》，如今卻變了超級公路的一部份，完全沒有林鳳漫遊過的那座橋的痕跡。中學畢業後遊手好

閒，唯一有建設性的活動是去法國文化中心學法文，有一天心血來潮，放學後施施然步行回家，難得腳踏實地邁過長橋。印象最深的反而是離橋頭一段路的外國人俱樂部，露天泳池設於街角，戲水的男女像雜誌廣告裏與時俱進的模特兒，明目皓齒肉光四射，就算推銷的是奢侈品如吸塵機洗衣機，也有販賣性的嫌疑。

這區有種「租界」況味，華人與狗不屑涉足，俱樂部另一面是著名的萊佛士酒店，毛姆他們落腳的客棧，往來只有白丁，小孩眼中充滿神秘感。近年進去看過，維修工程做得很好，昔日空氣縈迴不散，只吃過殖民地甜頭沒吃過殖民地苦頭的緣故，穿堂入室毫無芥蒂。可惜古色古香的餐廳嚴厲管制食客裝束，拖鞋百慕達免問，只好將就在旁邊的仿古咖啡店坐坐，寄憑弔於祭五臟廟。

另一宗言之鑿鑿的傳聞，發生在數年之後，說吃豬肉會導致縮陽，成年男人有毛有翼的宏偉性器官也會變魔術般縮進腹部，何況中童嗷嗷待哺的小東西，隨時隨地不翼而飛，一時風聲鶴唳人人自危，全國百姓與回教徒舉案齊眉，對豬敬而遠之。這個故事老讓我想起一位姓藍的舊同學。去美國留學斷了音訊，七年後首次回鄉探親，第一晚與家人外出晚膳，走過購物中心背後忽然有把嬌滴滴的聲音喊名字，轉頭一看，哎呀，一向女性化的藍全副女裝打扮，原來剛剛完成變性手術。翌日約

見，雖然難掩終於達成多年願望的興奮，皮肉之苦倒不諱言，聊天期間隔不久就進洗手間自我檢視，我不禁笑道，當年你如果多吃豬肉，恐怕省卻不少麻煩。

再過幾年，輾轉聽説她自殺死了。六呎有奇的高度，做女人也真難。

阿達菲及其他

名字是甚麼？名字當然是一切。

高克多的《八十日再次環遊世界》新加坡那一章，「阿達菲」從紙面跳出來，真像夏夜蚊子一般，嗡嗡嗡驅之不散——寫下來才察覺這不倫不類的比喻徘徊在危險邊緣，遙遙呼應書中熱帶陽光小島「除了偶爾幾宗瘧疾，沒有人生病」的批語，明明駛向主題的筆忍不住兜進支路閒蕩。瘧疾是靠蚊子傳播的，小時候聞之喪膽，偏偏體質天生「惹蚊」，招徠狂蜂浪蝶的電波在昆蟲王國一視同仁，難免杯弓蛇影，久而久之發展為一種性格缺憾，對健康的小心翼翼貼近驚青地步。病痛焦慮習慣成自然，沒有人提醒根本不知道，直到在三藩市和A蜜運期間，有一天他忽然發現新大陸一樣笑着驚呼：「你是個如假包換的hypochondriac」，我還要翻開手頭的袖珍本《英漢字典》，才恍悟自己患了疑神疑鬼的病中病。

其實也不算離題：似乎是《聖經》的教訓，有了名字，光才是光魔鬼才是魔鬼，混淆狀態裏的苟且雖然不

無樂趣，畢竟應該歸類為不自覺的自欺。過了明路，處理起來反而比較容易，譬如經A殘酷一叮(呃，又回到蚊子的副題)，我倒彷彿不藥而癒，自此杜絕了討厭的超級敏感疑病症，跨越負面的有病醫病，專注正能量滿溢的無病補身——尤其在性生活方面。

余生也晚，高克多描繪的阿達菲酒店沒有親眼見過，甚至不曉得它二十世紀三十年代在國際旅遊界的盛名媲美萊佛士，法國友人筆下客房裏透光的木橫條百葉窗和寬敞的露台，讀着教人迷迷糊糊掉進了杜哈絲的越南。我懂事的時候，它是水仙門一家高尚的糕餅店，家裏小朋友生日，通常打電話去波拿預訂蛋糕，訂的似乎總是兩磅那款——那時瘦得前心貼後心，不覺得「磅」字具預言性，為西諺「你是你所吃的」下注腳。有時換換口味，改買阿達菲的咖啡忌廉蛋糕，微微的苦味，和波拿粉彩式的甜膩大異其趣，很能滿足我對成人世界的虛榮憧憬。記得某次肩負取貨重任，捧着大盒子如履薄冰，雖然私家車就停在路邊等候，但太陽那麼猛烈，彷彿短短的三兩步，嬌貴的奶油也會融在手中。

咦，不對，那年頭的汽車沒有冷氣，由大坡小坡回去加東起碼二十分鐘，要融的話在車裏也不能倖免。調節氣溫的裝備早年屬於奢侈品，我們家倒很早就有一間冷氣房，是我六姑姑六姑丈從倫敦回來寄居時斥資裝的，其大手筆在親戚群中普遍被貶為敗家行徑。他們搬

走後，房間被我一個箭步霸佔，完全沒有尊敬老人家的美德，往後才明白，原來他們對雪櫃似的居住環境敬而遠之，坐在戲院涼兩個小時無任歡迎，夜夜在嚓嚓聲中絕對不能高枕無憂。

不聽老人言，報應終於來了：近年輪到我頻頻發出「唔受得冷氣」的抱怨，每逢夏季在東南亞小住，臨上床總要關掉冷氣，訂酒店不厭其煩查詢房間的中央空氣系統能否切斷。冷氣除了降溫，本來也有驅蚊副作用，不過我媽媽最近卻苦笑：「現在的蚊不怕冷氣了，開了照樣整晚出動。」吃飯時我提起阿達菲，她說早就已經結業，舊址改建購物中心，我妹妹以為講的是波拿，說這裏那裏的商場有分店，年齡差五歲就是五歲，馬上遭喋聲。為免她不服氣，我提供鐵證：「波拿在諧街，阿達菲隔一條街，在聖安德魯大教堂對面。」諧街是High Street音譯，命名者肯定是英國人，他們所有大城小鎮都有這麼一條商店林立的街道，近年潮流界還有所謂「諧街服裝」，泛指迎合普羅大眾的中價或廉價貨。五六十年代這裏有一間歐羅拉，華人眼中倒是高級的，地位或者不如郵政總局附近的羅敏申，較諸牛車水傳統中式店鋪顯然多幾分貴氣。再後來的美羅，則乾脆走平民百姓路線，殖民地色彩越洗越淡了。

百貨公司名字不約而同嵌入「羅」字，不會是巧合吧？至於是測字先生天機不可洩漏的秘密，還是商人的迷信，當然無從稽考。

芒果的滋味

　　小思和熊志琴合編的《香港文化眾聲道》提起新馬版《學生周報》，隔山隔水，資料不齊全在所難免，我念在那是最早投稿的福地，冒昧向幾位當地的昔日文友查詢。吉隆坡老友記憶力向來驚人，留聲機一打開，不但聞所未聞的時代曲傾巢而出，連它們點綴過的冷門電影也如在目前，這回卻有點老貓燒鬚，既想不起周刊改成半月刊和月刊的先後次序，也說不出它正式關門的日子，讓自卑的失憶專家頓時浮起「吾道不孤」快感——這裏有個不為人知的小故事，咸豐年我第一次寫專欄，正是蒙吉老不棄分享地盤，一題兩寫，欄名叫Our Way，靈感來自當時無線電熱播的法蘭仙納杜拉（Frank Sinatra）名曲。

　　不過寶刀當然不會生銹，筆鋒一轉，清晰敘述我已經忘得一乾二淨的遊跡：「我就猜到你會忘記第二次來吉隆坡的事，第一次是赴美國前，好像是馬來西亞走一圈，我還記得你是住在太平洋酒店呢。第二次來，就是

你第一次從美國回舊祖國探親那年，好像日子長些，所以有空來兩天，住在吉隆坡的YMCA。」哎呀，這番話假如由別人說出，我必定以為自己憑空掉進間諜片，被心懷不軌的情報工作者以土法洗腦，企圖植入連串不存在的畫面，然而吉老不可能設計害我，赤裸裸提供兩段遺忘了的往事，下榻地點一五一十，簡直像捉姦在床，得趣者不得不束手就擒。

　　歲月如水，太平洋早和大西洋混為一體，那回我隱約記得與一位姓潘的書友同行，北上的夜行火車有幾個穿軍裝的壯男，不幸淪為我們意淫對象，一路上細聲講大聲笑，不但擾人清夢，自己也整晚不得安寧，抵埗之後的情況片甲不留。據說投宿青年會的第二次旅程，乾脆連影子也沒有存在檔案，以致每逢有人問起熟不熟悉近在咫尺的馬來西亞首府，我都老實回答「生平只去過一次耶」，因為真心真意眼神堅定，恐怕最精密的測謊機也不虞有詐。至於「馬來西亞走一圈」的壯舉，倒應該是吉老美麗的誤會，他的故鄉馬六甲我印象中不曾踏足，近年以美食聞名的檳城更肯定沒有造訪——小時候聽大人眉飛色舞描述當地名勝蛇廟，驚嚇度只有「毛骨悚然」四字可以勉強形容，遍地爬蟲蠕蠕而動的想像一度虔誠駐守惡夢大門，絕對不會願意自動送羊入虎口。

　　《八十日再次環遊世界》的高克多當然沒有放過獵奇良機，一登岸就坐人力車直奔主打景點：「蛇廟的蛇

統統披着石頭的顏色，看起來像座機關密佈的建築，四處暗藏產生動感的裝備，牠們一時蜷縮一團，一時緩緩舒展，圖案永遠在更改中。」鴉片美學專家的觀察果然非同凡響，三言兩語一台佈景栩栩如生，更妙的是這段：「馬來半島地理造型像個芒果。你嚐的第一個芒果美味可口，第二個——太可口了；到了第三個，無論如何不會再吃得下。」遠東又熱又熟又清又濕的風情顯然令外國友人喘不過氣，難怪他的遊伴路路通歡呼：「隔着距離看，巴黎……不過是間夜總會！」

檳城之後停泊巴生港口，殖民地時代叫瑞天咸港，紀念第一個委派到當地行政的英國大將軍法蘭克瑞天咸，等於維多利亞港的「港督」，這碼頭以當時仍然在世的他命名，重要性可想而知。但是重要是一回事，環境大概相當沉悶，詩人和路路通上岸後根本無心採摘地方色彩，漏夜飛車向「大埠」進發：「這座大埠的名字是甚麼？我們隱隱聽到後尾兩個音略似法文L'Impure，是當時對『吉隆坡』的僅有印象。」哈哈哈，弗洛伊德式的跌滑屢試不爽，另類遊客對風月場所和毒窟最有興趣，精誠所至，「隆坡」掉進耳朵變成「不潔」一點也不出奇。

至於為甚麼我拿起筆不譯「大城」而譯「大埠」，當然不是偶然。那時砂勞越親戚到訪，我媽媽他們總說人家「晌埠仔出嚟」，對鄉下人的潛伏歧視呼之欲出，

我倒很喜歡兩個青春活潑的表姑，和英俊得像電影明星的表叔——華表姑後來留學倫敦，「書唔好好讀搞大咗個肚」，成為家族醜聞。消息早已斷絕，我仍然忘不掉「埠仔」稱號，既然是埠仔，相對的不會不是大埠吧？

開往中國的慢船上

多少年前的事了。在國泰還是國賓戲院看《三月情花開》(*The Sterile Cuckoo*)，不識愁滋味的小青年一見女主角麗莎明妮莉(Liza Minnelli)驚為天人，散場後頂着熱辣辣的太陽急步跑去烏節路唱片店，電影原聲帶找不到，找到一張收錄了主題曲的個人專輯，買回家歡天喜地聽了又聽。叫《星期六早晨到來》(*Come Saturday Morning*)，迄今仍能勉強一字不漏背誦，包括中間那段和劇情息息相關的唸白——喟嘆廢青不務正業的長輩，訓導時愛說「讀書有咁界心機，早就中咗狀元」，真是一針見血。

封面底色藍得像深夜的天空，沒有星沒有月亮，歌手輪廓分明的臉經過技術加工，與傳統美背道而馳的五官殷勤示範何謂氣質，彷彿向同道人宣告，信心就是幸福光芒的來源，斷線的風箏飛到天盡頭，落在哪裏哪裏就是歸宿。唱片另有一首《開往中國的慢船上》(*On a Slow Boat to China*)，當時不知道是經典舊歌新唱，也不知

道歌名原意指賭徒一步一步輸得乾乾淨淨，一廂情願陶醉於浪漫的甲板調情，懵然漂向白茫茫的彼岸。預言的無所不在確實不可思議，雖然我們大部份時候可能聽不懂。

讀高克多的《八十日再次環遊世界》，隨着詩人從新加坡悠悠穿越南中國海，早已忘記的旋律又再響起，明妮莉帶點青澀的演繹肯定不入爵士專家法耳，但那種煞有介事的矯情正合青春口味，老來聽到記憶長廊傳來的迴音，更覺得昔日的穿鑿附會是命運之神溫柔的提示。縱使從來沒有占卜嗜好，也像《怨女》裏被張愛玲戲稱「算命老手」的外婆一樣，喜孜孜接受相士恭維「終身結果倒是好的哩」，也不管心水清的旁觀者質疑：「到了她這年紀，還另有一個終身結果？」

跳線跳進張的文字，當然也不是偶然，高克多從輪船甲板第一眼目睹的香港，和我們的祖師奶奶簡直心有靈犀一點通：「香港在毫無準備下躍進眼簾。我們看見的，首先只有一團奇異地由山腳鋪到山頂的火焰，似乎各標誌着一些重要訊息。世界上沒有任何海岸線，可堪比美那閃爍超然星宿的仙氣山丘，沒有夜可以像中國之夜一般降臨，綴滿影子、朦朧的流光和黯淡的陰霾。」《傾城之戀》乘船南下的女主角，印象幾乎一模一樣：「那是個火辣辣的下午，望過去最觸目的便是碼頭上圍列着的巨型廣告牌，紅的、橘紅的、粉紅的，

倒映在綠油油的海水裏，一條條，一抹抹刺激性的犯冲的色素，竄上落下，在水底下廝殺得異常熱鬧。流蘇想着，在這誇張的城市裏，就是栽個跟斗，只怕也比別處痛些……」東方之珠的神秘誘惑，恐怕只有異鄉人能夠徹底感受，難怪不怕得罪人的高克多如此斷言：「見識過香港之後回望仰光和新加坡，它們不折不扣是稍大的鄉村，或者過譽的東方雜貨攤。」仰光我不敢講，但新加坡的雜則完全無可置疑，五湖四海匯聚的Singlish便是最佳例子。

從海上遠眺陌生城市的興奮，對不翼而飛的我們來講十分奢侈，近乎先祖遺下的胎記，一方面說不出所以然，一方面沒有辦法剔除。每逢在希臘愛琴海「跳島」，雖然目的地不外漁村，泊岸時我都興高采烈站在有利位置觀望，歸根究柢，也是因為趕不上那艘開往中國的慢船，企圖作出彌補吧？

答案：一九七六

　　J是個無心裝載的聽眾，左耳入右耳出已經算很給面子，通常完全充耳不聞，教人懷疑耳膜結構是否有先天或後天缺憾，同情油然而生。這原本無傷大雅，世界上擁有順風耳和大象記憶的人少之又少，但偏偏喜歡提問，同一條問題兜個圈又再重播，答了等於沒有答，真是煩不勝煩，翻白眼沒有實際效應，唯有從夾縫中找尋樂趣。像那天坐在撒特里井劇院等開場，他又漫不經心問，「這裏你第一次來是甚麼時候？」

　　答案：一九七六。

　　答過之後，自顧自陷入甜蜜的回憶裏。記得那麼清楚，因為是第一次歐遊，逗留倫敦站起碼三五天，曾經拿着地圖到偏離旅遊景點的區域看芭蕾舞。台上跳的是甚麼說不出來，反而對觀眾席的木地板印象深刻，踏上去吱啞作響，木條似乎有隨時斷裂危險，教人擔心一腳踩個空。座位在台右前排第二行還是第三行最側邊，大概臨場買的廉價票，椅子非常低，坐直身子也看不見舞

者的足尖。同一年張愛玲忽然由密封的博物館走進煙火人間，出版新書《張看》，海外朋友空郵寄到加州，夏季旅行前恐怕已經熟讀。自序開頭寫和炎櫻在香港中環看電影的舊事，「老式電影院，樓上既大又坡斜得厲害，真還沒看見過這樣險陡的角度。在昏黃的燈光中，跟著領票員爬山越嶺上去，狹窄的梯級走道，釘著麻袋式棕草地毯。往下一看，密密麻麻的樓座扇形展開，『地陷東南』似的傾塌下去」，雖然身處平地，驚險萬狀的「地陷東南」卻立即對號入座。

奇怪，那時窮學生零用錢量入為出，登上劇院三樓四樓觀舞觀劇視若等閒，雷里耶夫跳《唐吉訶德》(*Don Quixote*)、貝薩(Maurice Béjart)愛將佐治唐(Jorge Donn)跳《波里洛》(*Boléro*)、米皇后男友的韓籍霧水之交演《李爾王》(*King Lear*)，無一不是居高臨下，連張愛玲寫的「坐了下來都怕跌下去，要抓住座位扶手」也不必，遲至八十年代末高文花園歌劇院看趙絲克蘭跳《睡美人》，都仍然若無其事步步高陞，嬌貴的懼高症究竟何年何月滋生的？真是一個謎。

撒特里井劇院後面橫街從前有間賣明信片的小店，應該是七九年十二月那趟旅行發現的，德國印刷的一批古籍插圖系列非常漂亮，植物寫生和日本春宮應有盡有，東邪西毒愛不釋手，安慰自己體積既小體重又輕，興高采烈買了一大堆。如珍似寶裝在一隻長方形黑色紙

皮卡片盒裏，遷離三藩市的時候雜物寄放在柯先生東灣半山上的車房，不聞不問凡數載，他們移民加拿大前專程趕回去處理，明信片實在不捨得丟棄，轉寄在抵埗不久的港胞余氏伉儷家──列治文區還是日落區？我一向搞不清楚河漢界，金門公園左右不分。他們回流後忚離，那隻黑盒倒神奇地完整無損，我小心翼翼帶返巴黎，鄭重翻了一翻，到底還是難逃在蝸居一角惹塵埃的命運。

明信片基本上早就不買了。此回倫敦之旅恰巧大Y越洋捧她偶像場，約了地頭龍一起晚飯，席間忽然記起龍先生帶過她去附近咖啡館吃美味的簡奴里，問還在不在，我一聽就猜到指的是蘇豪區意大利亞吧。窄而深的鋪面，入門後右手牆上有個明信片架，宣傳品免費任取，推廣美術館展覽和電影院新片的尤其精美，每次路經都盡情搜刮，這晚飯後光顧，一行人忙於在直播球賽的大電視前提高聲線聊天，竟忘了去拿，翌日特意兜去還心願。

年紀越大，寫的東西越「脫離現實」，不能不懷疑有沒有人看得懂。譬如這篇的題目，微微開了安東尼奧尼（Michelangelo Antonioni）一部作品的玩笑──馳名國際的《過客》（*The Passenger*）在意大利本家叫《職業：記者》（*Professione: Reporter*）。無聊到這種芝麻綠豆的地步，不說肯定不會有人知道，況且那不是一九七六，而是一九七五。

左手歸你，右手歸我

　　我最忘不了的倫敦地標，既不是萊斯特廣場彼可狄里圓環，更不是甚麼杜素夫人蠟像館，而是國家肖像畫廊對面的一個紅色電話亭。在加州美術學院畢業後，找工作十分困難，西岸洛杉磯以外的廣告圈本來就僧多粥少，沒有人脈支援的新丁處處碰壁，好不容易直到七九年底才總算儲到幾個錢，準備回家探親。左計右計，反正雙程來回也不便宜，乾脆買了張環球機票，三藩市向西飛第一站先停東京，經香港到新加坡完成責任後，再由歐洲打道回美國。玩過柏林在英京歇腳，終於嚐到歸心似箭的滋味，冬季天黑得早，四點一過暮色四合，整個人魂不守舍如喪家之犬，有一天實在忍不住，跑進電話亭打長途電話給A。

　　不會是沒有預謀的吧？當時的公共電話不收電話卡信用卡，必須殷殷勤勤餵血淋淋的銅板，袋裏沒有足夠碎銀，休想拿起電話筒越洋聊天。《紅玫瑰與白玫瑰》的男主角留學愛丁堡，暑假趁旅遊歐陸之便巴黎召妓，

「多年後，振保向朋友們追述到這一樁往事，總是帶着點愉快的哀感打趣着自己，説：『到巴黎之前還是個童男子呢！該去憑弔一番。』」雖然性質南轅北轍，憑弔的意願卻有點人同此心，每回路過都不禁一陣黯然，或者「愉快的哀感」形容得太過貼切，還是「浪漫的一部份他倒記不清了，單揀那惱人的部份來記得」？

這回旅程有一晚空檔，原本打算去南岸節日廳聽貝多芬的《第九交響曲》，網上訂票付款出現故障，當日傍晚到票房打探，只剩幾張貴價門票，同行的法國大爺堅持不解慳囊。場館外通往彼岸的行人橋，從前依附在車軌旁邊，獨立改搭成新橋尚未有機會踏上，恃着有人陪伴，罔顧畏高症發作的危險，顫顫巍巍走到查寧十字路火車站。穿過大街是田野的聖馬丁教堂，街角有個老男人在派音樂演奏會傳單，號稱「巴洛克燭光」，一時興起決定當座上客。

賣票的小青年非常老實，小心翼翼解釋所謂燭光不過聊備一格，期望千萬不要過高——難道屢遭認為貨不對辦的顧客投訴，不得不先小人後君子？進場一看，果然天花板吊着的水晶燈仍然裝了燈泡，只有窗台疏疏落落點着幾支蠟燭，木櫈不論靠背座板都一貫地硬，氣氛絕對和詩情畫意背道而馳。不過音響實在空靈，韋瓦第的《四季》第一章不折不扣令人如沐春風，巴哈百聽不厭的梵啞鈴怎麼拉怎麼好，新建的愛樂廳設備再完善

齊全，古樸的泥土味倒是沒有的。這些傳道的宮殿真神奇，連隔山隔水的粵劇放進去都適得其所，最近香港中文大學辦《帝女花》展覽，有人就提起佑寧堂錄唱片的韻事。

散場出來往北走，當然無可避免經過電話亭的位置。那次回到三藩市不久，便和A分手了，然而繼續共享生活空間，關係只有比「誤會期」更密切。倫敦詩人朋友有首《無題》，簡簡單單三句，「咱們分手吧／左手歸你／右手歸我」，精彩到恨不得佔為己有，可惜寫得太遲，否則縱使舌頭打結也要翻譯給A聽。

八七還是八八年出席意大利彼薩洛電影節，小城小鎮別具風味，可是不知道為甚麼抵達後牙肉發炎，公餘只好在旅館房間呆坐。百無聊賴心血來潮，拿起電話撥了熟悉的號碼，那一頭接聽的聲音十分驚詫，以為出了甚麼事，像《傾城之戀》所說，「晚上來了客，或是憑空裏接到一個電報，那除非是天字第一號的緊急大事，多半是死了人。」四五年後聽到他的死訊，倒真是電話傳達的。想起這些，猶如見到燦爛陽光下漂亮的自行車，腦海立即浮起從前他出入踩單車，回到家托在肩上登上二樓的景象，除了平靜笑一笑，沒有其他反應。

如果你看見她

　　同樣的兩行字，自己抄寫若無其事，毫無防備下發現免費派發的地圖印在封面，竟就覺得有點彆扭，心想不要是人家去年得了個諾貝爾文學獎，你才忽然勾肩搭背吧？想過之後啼笑皆非，卜戴倫幾時輪得到我私有化，再資深的歌迷也不過是歌迷，況且還是七十年代半站中途上車，肆無忌憚示範「只許州官放火不准百姓點燈」，有識之士連嗤之以鼻都不屑。

　　之所以自封為特權份子，除了因為唱片是初初約會A時他借我聽的，幾十年來供奉為某種主題曲，也因為兩個月前某星期天在巴黎聖日爾曼區，午飯後途經一間不起眼的小畫廊，旋律不遲不早從敞開的玻璃門流出行人道。停下來側耳細聽，歌者化了灰也認得，歌卻不是熟悉的原版，應該是後來收錄在Bootleg系列的草稿，不但節奏比較急，那句「如果你有機會靠近她，替我吻她一下」唱成「如果你有機會靠近她，替小子吻她一下」，生外的第三人稱似乎是那幾年他在流浪式巡迴演

出「滾雷歌舞團」的代號，或者源自七十年代初客串主演兼配樂的《大丈夫與小人物》(*Pat Garrett and Billy the Kid*)——雖然他的角色叫無名氏，不是比利小子。恰巧和 J 討論春末旅遊目的地，他問要不要重訪摩洛哥，那就決定尊從冥冥中的呼喚，鎖定了坦吉亞。

從前電台流行點唱節目，聽眾選了歌還可以附上生日快樂學業進步之類的祝福，最常出現的是「某甲點給某乙，請他留意歌詞」，明目張膽騎劫填詞人的心血，憑歌寄意婉轉訴心聲。外行讚許戴倫，總把焦點聚集在早期的抗暴民謠，安全地透過《時代在改變》(*The Times They Are a-Changin'*)和《風中飄蕩》(*Blowin' in the Wind*)發表自己的真知灼見，其實他的情歌寫得十分到家，最好的時候意境和張愛玲的袖珍散文《愛》不相伯仲。我對《如果你看見她，說哈囉》(*If You See Her, Say Hello*)情有獨鍾，當然與它的藝術成就無關，歌詞不但不見得特別精妙，還處處有明顯的砂石，可是那種多想無謂的惆悵，簡直事先張揚了我和 A：

> 如果你看見她，說哈囉
>
> 她可能在坦吉亞
>
> 去年早春她離開這裏
>
> 聽說搬到那裏去了
>
> 替我說我一切如意
>
> 雖然事事有點阻滯

她可能以為我已忘了她
別告訴她事實並非如此
我們鬧意見，就像一般情侶那樣
想起那晚她離開的景況，我仍然一陣微寒
縱使分手令我心痛如絞
她依舊是我一部份，我們並沒有一刀兩斷
如果你靠近她，替我吻她一下
我素來尊重她，勇於釋放自己追求自由
只要她快樂，我不會阻止
雖然那晚企圖令她留下的苦澀滋味
迄今縈繞不散
周遊列國我遇到很多人
時不時聽到她的名字
在這裏在那裏，一城復一城
我一直不能處之泰然，只可以學習忽視
可能我太敏感，可能我漸漸傾於軟弱
日落，黃月亮，我重播往昔
每幕都歷歷在目，無一不匆匆飛逝
如果她經過這一帶，我不是那麼難找得到
告訴她她可以聯絡我，假若她有時間

變奏

　　剛剛抵達，站在客棧接待處問東問西，側門一陣風閃出個彩雀似的遲暮美男，打招呼的姿勢教人立即想起「女主人」三隻字，只差「歡迎光臨寒舍」沒有脫口而出，笑顏尚未在眼簾正式註冊，人影已經匆匆消失。當然也可以是個倚熟賣熟的長期住客，這類舊宅改裝的精品式旅館或者提供月租服務，打了折頭縱使仍然比外面房租貴，天天有僕歐或女傭收拾房間，不必為水費電費垃圾費傷腦筋，勉強倒也算物有所值。隨即啞然失笑：摩洛哥聘用幫傭應該相當便宜吧，哪像巴黎紐約那樣只有富豪負擔得起，習慣了帶着自己的軟尺去旅行，笑話難免一籮籮。

　　不過直覺總是不會錯的。翌晨在天台吃早餐，才坐下不久，一面之緣的男子出現了，雖然有點宿醉未醒模樣，言談卻有紋有路，字裏行間磊磊落落鋪滿與經理的男男關係線索，兩個都是法國人，自然毋庸避忌，不過尊重穆斯林的含蓄傳統，公仔沒有畫出腸。金髮明顯是

染的，色澤的超現實和特朗普不相伯仲，但更令人不敢逼視的是線條生硬的鼻子，小時候大人教誨在街上遇到身體有缺憾的陌生人要假裝看不見，我竟然默默記到如今。小資家庭教育真虛偽啊，隔了兩天偶爾講起，J斷言是整容醫師出手太重，我有點護短，期期艾艾說「也可能可卡因吸得太多……」，他不等鄉下佬把話說完就以權威口吻下定論：「人家摩洛哥外科整形很普遍，女子結婚前縫補處女膜尤其是家常便飯。」呃，上有政策下有對策，誰不是如此這般活下去的？

早餐的金先生提起坦吉亞藝文界名人滔滔不絕，保羅鮑爾斯（Paul Bowles）當年住在哪區，彼爾貝絮（Pierre Bergé）最近收購哪座建築物，信手拈來如數家珍。芸芸人海忽然浮出占渣木殊（Jim Jarmusch），說美國導演來過拍外景，我一時糊塗記不起究竟是甚麼電影，他氣定神閒答：「講吸血殭屍的。」哈哈哈，當然是《永生情人》（*Only Lovers Left Alive*），但戲裏男女主角晝伏夜行，幾乎由頭到尾攤臥在伸手不見五指的密室聽黑膠唱片，哪有甚麼外景可言呀？笑聲未止，心底一寒：咦，領銜主演的不是佻黛史雲頓（Tilda Swinton）嗎，上星期去巴黎歌劇院看芭蕾舞，可巧在門口和她並肩而立，卜戴倫那支確實是神筆，「如果你看見她，說哈囉，她可能在坦吉亞」，冥冥中原來有變奏。

由舊區往下走，穿過名叫大市場的廣場便是新區，

臨介點有家小戲院，十年前復修後進駐當地電影圖書館，號稱北洲第一家。附設的咖啡座非常舒服，老傢俱性格獨特，地面鋪磨石，牆上掛電影海報，於我簡直賓至如歸。取本月節目表打開一看，前天放映的正是《再生情人》，可惜錯過了，否則印證外景場地何在，按圖索驥造訪一番，也不失為風流的另類觀光項目。節目表大紙對摺，質感相當粗糙，一摸似曾相識，從前三藩市卡斯特羅戲院夏季放映二輪影片，宣傳單張大同小異。孖結街的Strand也有一份，A用圖釘把它們釘在廚房牆上，鄭重用紅色水筆圈起他感興趣的影片，到時到候一齊去看。

　　那時卡斯特羅院線共有四間戲院，專映高質素藝術片，歐陸產品居多，Polk街的一間叫盧米耶，如無記錯最遲加盟，旁邊有家小餐館賣越南五香雞，其美味迄今難忘。位於企理街的名正言順叫Clay，最記得看大島渚《感官世界》的下午碰到朱同志，相請不如偶遇，但是七十年代末咖啡店不多，散場後在街角聊了一陣，她姓童的老朋友兩夫婦似乎住在郊區，沒有直落晚飯。巴黎第五區有一間La Clef，那個解作「鎖匙」的法文字發音和Clay一模一樣，疑是故人來之感揮之不散，氣氛卻波希米亞多了。

　　還有一間Surf座落近海邊的日落區。有一年經濟實在拮据，妙想天開打電話問他們請不請售票員帶位員，

接見後居然以資歷太高為藉口拒絕。隔了許多年和K
講起，他驚叫：「那時我在Surf打工呀！假如他們請了
你，我們就不必那麼遲才相識。」

三間咖啡館

自恃有枝盲公竹，起程前沒有認真做功課，雖然明明知道 J 各方面都靠不住，人的墮性太可怕了，可以偷懶便偷懶 —— 正如許多年前黎小姐一位來自台灣的閨密說，能夠坐下的時候絕對不站起來，能夠躺下來絕對不會坐着。

況且第一晚飯後在巴黎咖啡館喝薄荷茶，我已經非常滿足，不覺得有發掘其他落腳點的需要。新區興旺的十字路口，入夜後車水馬龍沙塵滾滾，對面是法國領事館，慘白的圍牆後樹影婆娑，似乎馬上有個少女杜哈絲要亮相。她當然不是獨當一面的女主角，而是一個想像力豐富的旁觀者，默默將所有衣裙換成最柔軟的絲料，穿在安瑪麗史達德身上，穿在盧V施丹身上，緩緩跳一支文字譜寫的探戈，「就算你就算你，看清我模樣，就算你就算你，陪在我身旁，也不能，打開心房，你不妨叫我，神秘女郎」。遠東潮濕的風，吹到北非一樣開花結果，子夜時分流浪街頭的乞食者，唱的歌都是殊途同

歸的安眠曲，加爾各答和威尼斯，湄公河和塞納河，顛三倒四把下半夜的夢糅成沒有邊疆的曠野。

杜哈絲來過坦吉亞嗎？她曾經跟蹤直布羅陀的水手，那就在坦吉亞斜對岸，沒有來過也遠遠眺望過，就像離開前一天，我在哈花咖啡館望着茫茫大海，甚麼都看不見，但是殷殷勤勤告訴自己，石頭上的殖民地在你眼前。

慢着，還沒有弄清楚從前田納西威廉斯（Tennessee Williams）坐在巴黎咖啡館哪個角落呢，怎麼場景便轉了？這類傳統咖啡館顧客幾乎清一色男性，氣氛和西方國家的同志酒吧有點相像，儘管只能枱底交易，而且據説穆斯林信徒沒有腐敗習性，雪亮的眼睛可不會説謊。咦，竟然連哈花也蜻蜓點水匆匆掠過，一跳跳到第三家，還要是上世紀以抽大麻聞名遐邇的一家，不引起誤會才怪——但我真的不曾濫藥，除非吸入空氣中飄浮的因子也算數。

最起碼提提停車場那三隻貓吧？J説別的當地風景參不參觀無所謂，哈花無論如何必定要去，我一聽地址在古城外，並且要爬山坡，有點不願意，不就是個喝茶的地方嗎，有甚麼稀奇，值得攀山越嶺造訪？又説不供應午餐，路口那家小飯店不錯，先歇一歇吃點東西，一碟什錦海鮮二人共用，倒也美味可口。出了飯店拐進小巷轉了彎，右手是片破舊的露天停車場，尚未走近，忽然

跑出三隻小貓，各佔一方擺成滑稽的殘缺八卦陣，大有惡霸企圖收買路錢之勢。哈哈哈，牠們大概以為身上長了老虎紋，路人就望而生畏，佛像一般盤坐地上動也不動，實在趣緻極了。當然是靈敏的鼻子聞到那碟消化中的海鮮，以為可以分點魚骨頭。

倚山而建的哈花果然只此一家別無分店，大排檔格局，卻又完全不擁擠，一抵埗我就發現導遊這回沒有說謊。但我更喜歡頹喪到天下無雙的芭芭，難怪滾石樂隊那幾個好事多為的成員，當年微服出巡來到這裏簡直捨不得抽身，落力演繹「沒有最壞只有更壞」，恨不得一口氣把全世界的迷幻悉數據為己有。低天花板的閣樓六十年代以來應該沒有吸過塵，下午三四點，也聚集了一群勤於製造煙霧的青年，旁若無人複刻花的孩子業已絕版的樂園。近門口是老年街坊水煙區，這天只得一位煙客，悠悠沉醉在自己的天地裏，近乎透明的眼珠，有種目空一切的仙氣。

和所有初到貴境的遊客一樣，我不能抗拒露台的誘惑，恰好窗邊有空位，顧不得地方淺窄，坐下點了例牌薄荷茶。侍應生五短身材，看不出是十七八歲抑或廿三四歲，法語比我更七零八落，笑容倒略有。放下茶之後，兜個轉又回來了，垂手站在兩呎外的拱門旁邊，無可無不可的，起初我還以為他偷懶。左手拇指斜插在褲袋，無名指戴了一隻鑲黑石的戒指，外行人分不出名不

名貴，他顯然知道陌生人正在欣賞這件驕傲的飾物，手指慢慢在褲子上下移動。淺灰色的運動長褲，面料不算太薄，年輕人畢竟精悍，微微隆起的褲襠，漸漸連輪廓都清晰可見。

啊，傳說中的坦吉亞，遲了半世紀，我終於來了。

尋找保羅鮑爾斯

那天是我生日，就當是送給自己的最佳生日禮物吧。

早餐後先到圓柱書店打了個轉。號稱坦吉亞最老，原來一九四九年才開張營業，連歷史單薄如新加坡，也有比它悠久的書店。或者純粹指外文書店？我就不信原住民個個目不識丁，從來沒有閱讀習慣，雖然民間講故事的傳統遠近馳名，蛀書蟲總有的吧？不過所謂山不在高，有仙則靈，圓柱之所以必須到一到，當然和年輪無關，五六十年代的光輝歲月，這裏是旅居當地作家和過路寫作人的聚腳點，威廉博魯斯（William Burroughs）、傑克克魯亞克、尚紀涅（Jean Genet）、尚高克多、瑪嘉烈特尤辛娜（Marguerite Yourcenar）、田納西威廉斯、杜魯門卡波堤（Truman Capote），還有不可或缺的「山寨王」保羅鮑爾斯，星光熠熠千嬌百媚，稍具虛榮心的遊客不把它列為朝聖驛站才怪。

店面很窄，顯得特別深，貨品以法文為主，數目不

多的英文書擺在後面左邊兩個書架上。本來抱着觀望態度，一來鮑爾斯作品歷年東搜西刮，應該全部買齊了，二來旅行請不起書僮做粗重工夫，甚麼都要自己親力親為，行李重量可減則減，但是那本由書店和文化部攜手製作的《坦吉亞電影圖書館畫冊》精美極了，單單內封面的戲院分佈圖就令人愛不釋手。店員小姐見我七上八落翻來覆去，忍不住說：「老戲院所剩無幾了，我們後面街的樂斯倒還照常營業，每年電影節就在那裏舉辦的。」不算硬銷，比較接近同道中人互通訊息。

幾年前在新加坡和發行電影的朋友聊天，忽然想起昔日常常光顧的夢宮殿一間都不存在了，不勝唏噓，但是他們比我年輕一大截，完全感受不到那種喪家犬式的惶惶。書買下之後，第一件事就是找尋這家素未謀面的樂斯戲院，多少有點愛屋及烏意味。先看到已停業的高雅，名字仍舊高高掛起，建築工人大興土木，也不知道是即將恢復放映功能，抑或正在變身途中——新加坡的大華戲院現在是百貨公司，金華戲院是佈道中心，簡直具體示範李清照的「物是人非事事休，欲語淚先流」。樂斯在下一條街街角，大堂燈火通明，中間大樓梯一群小學生在教師帶領下魚貫往上爬，看似是課外活動，我連忙跟着他們竄進去：哎呀，並非集體欣賞卡通片，而是捧魔術師的場，台上表演已經進行得如火如荼，樓上樓下都是十歲左右的兒童，嘻嘻哈哈此起彼落。

店員小姐對陳年戲院瞭如指掌，問她知不知道鮑爾斯舊地址竟然搖搖頭，我感到十分意外。坦吉亞史上最著名美國人的居所，不是人所共識嗎，何況據說有一個時期他把圓柱當私人郵箱，小姐看似三十出頭，當然不可能有為名作家傳書遞柬的寶貴經驗，但說到底都是「自己人」，難道沒有得到前輩口耳相傳？早兩天參觀美國使節館博物館，那個售票青年倒如數家珍，「離大清真寺不遠，舊美國領事館後面」，肯定因為館內一個展廳永久展覽鮑爾斯遺物，專誠造訪的遊客問完又問。

　　展品有一架奧利維堤打字機，型號及顏色和從前Ａ被我強佔那架一模一樣，隔了幾十年迎面撞上，不折不扣京劇《鎖麟囊》唱的「一霎時把七情俱已昧盡」。這方面，我真是無可救藥的物質主義者，唯一好處是如不睹物就不思人。

　　尋找鮑爾斯故居完全靠運氣，作為地標大清真寺雖然萬無一失，之後便茫茫如大海撈針。寺對面有間西班牙文化中心，問路似乎比較有把握，顧不得門口守衛森嚴，過了安檢見一步行一步。隔着玻璃窗，接待處兩個中年男人貌似典型公務員，狗眼未免看人低，心想無謂拋出他們可能聞所未聞的異國作家名字，所以問的是前美國領事館。右邊的一個答：「出門轉左向前走，你會見到圓環，過馬路再走半條街。」不熟方向，聽起來非常抽象，只好硬着頭皮再問：「有一個作家叫保羅鮑爾

斯……」他身旁的同事忽然大笑，對他嘰哩咕嚕講了一串我聽不懂的西班牙話，憑表情推測，十居其九是「這次開正你戲路」之類。原先的一位也笑，答道：「當然知道，我爸爸和他從前的司機是朋友。」隨手拿起紙畫地圖，就像許多許多年前第一次去東京，語言不通但熱情友善的日本青年。

月夕共花朝

這次短暫的倫敦之旅,是註定要時時刻刻想起A的吧?

兩個月前訂旅館,當然不知道會遇上熱浪。貪圖地點便利,雖然經驗告訴我,大英博物館後面這一層次的B&B號稱翻新,通常只改裝大堂,房間換湯不換藥,說得難聽有掛羊頭賣狗肉之嫌。最便宜的單人房稱為「艙房」,官網先小人後君子,鄭重聲明面積非常小,大概等於近年香港所謂的劏房,輕輕和航海扯上關係,不知道哪裏飄來葛蘭唱的《海上良宵》,盡情誘發與事實不符的浪漫想像。荷包既然不爭氣,能夠省就省,克苦耐勞不是值得歌頌的美德嗎,縱使不合時宜,但同時製造仍然青春的幻覺,也算窮風流吧。抵埗打開門一看,果然童叟無欺,幸好老來身高縮了水,名副其實五短身材,否則睡覺肯定要門戶大開,躺在床上雙腳伸出門外。

床頭是扇有窗的門,通往小小的後花園。下午的樹

影印在紗窗簾上，風吹過一閃一閃，有種暈船的錯覺，時間汪洋上毫無防備下拋了一拋，冷卻的回憶突然暖起來。那時在三藩市找房子，目標鎖定在卡斯特羅區，不過能夠負擔得起的單位鳳毛麟角，找來找去找不到，搜索地圖只好向四周擴展。山坡另一端的美臣區墨西哥人匯聚，房租比較合理，波希米亞氣氛也很對胃口，不失為理想的次選，有一天A在街角自動洗衣店牆上看到招租廣告，打電話跟房東約了時間。

是個陽光普照的下午，地址在二十一二街附近，兩人從A的住所步行過去。老洋房地面層，據說最容易入賊，值錢的身外物雖然沒有，音響設備倒是寶貝的，尤其因為住在屋崙的時候被偷過一次，難免杯弓蛇影。一廳一房，空間也嫌太小，除非永遠處於蜜月期，否則遲早變成水火不容的困獸。廚房後門推開，眼前頓時一亮：市區內難得見到這麼幽靜的私家花園，外牆攀爬植物，屋邊幾棵茂盛的矮樹，標準稍為放寬，簡直鳥語花香。房東的鼻子顯然聞到A腳底的牛屎味，知道這是賣點，殷勤加鹽加醋：「夏季將餐桌擺在花園，這樣的格局，三藩市打鑼也找不着哩。」

就是這幅誘人的畫面，令我們七上八落考慮了幾天。許多年後想起，也還戀戀不忘，彷彿快樂的時光可以因為換了個居所而無限延長，奇蹟般改寫歷史。

第二天晚上在艾拔皇家音樂廳看Kraftwerk演唱會，

更加不能制止思潮起伏，這倒跟不小心打開了潘朵拉盒子無關。以我當年那麼保守的口味，沒有人拉牛上樹，根本不會聽小眾的德國電子樂隊，是A唱盤上日以繼夜轉出的超級公路簡約風景，推我搭上了穿越歐洲快車，在尚未懂得上網的石器時代，糊里糊塗一頭栽進高深莫測的電腦世界。諷刺的是，出到那張紅底封面的《人機器》，介紹人已經意興闌珊，反而遭引導升仙的一個繼續沉淪毒海，隨着機械四人幫唸唸有辭：「她是個模特兒她身光頸靚，我希望帶她回家這不難理解……」

那時不能想像仗賴錄音室混音的樂隊有可能現場演唱，隔了四十年終於趕上，A地下有知大概嗤之以鼻，反溫情的他必定不肯承認，冥冥中也被逼坐在觀眾席，已寒的屍骨因倖存者的思念活了一遍又一遍。艾拔音樂廳天花板垂掛着飛碟似的迴音板，華麗的科幻味道其他場館不會有，但我竟然想起越劇《紅樓夢》。多愁多病的林黛玉自知不久人世，臨終向忠僕表示抱歉：「多承你伴我月夕共花朝，幾年來一同受煎熬，實指望與你並肩共歡笑，誰知道風雨無情草木凋……」但她實在可以放心，記掛她的人活得很好，因為把她的一份也霸佔過來，活出雙重的快樂。

像霧又像花

　　許是筆拙，星期六的特殊空氣真難以文字描繪，尤其年紀大了，昔日周末來臨的興奮依稀有印象，就像愛情每隔七天一定來輕輕敲門，私自把那部英國電影《星期六晚上和星期天早晨》(*Saturday Night and Sunday Morning*，香港當年公映譯《浪子春潮》)的名字無窮無盡浪漫化，但畢竟是非常久遠的事，彷彿介於發生過和沒有發生過之間。星期天倒好，因為有摩里西(Morrissey)一首歌代訴心聲：

　　　　濕沙灘上緩慢踽踽

　　　　回到你衣衫被不問而取的長櫈

　　　　這是一個

　　　　他們忘了關閉的海邊市鎮

　　　　阿瑪吉蕩，來吧阿瑪吉蕩

　　　　來吧，阿瑪吉蕩，來吧

　　　　每一天都似星期天

　　　　每一天都又靜又灰

九十年代初在倫敦陳先生家寄居過半年，他常聽摩里西，耳濡目染之下，那幾張由「史密士」（The Smiths）組合過渡到個人自立門戶的唱片十分熟悉，甚麼《昏睡的女友》（Girlfriend in a Coma），甚麼《某些女子比別的女子大》（Some Girls Are Bigger Than Others），有一句沒一句零零落落印在回憶。花樣的歌者，慵懶的妖嬈有股睥睨人間況味，比慣俗還要冷一點，既不賣賬也不稀罕別人賣賬，時髦而且文藝。肆無忌憚的自戀，在我眼中直接翻譯為同性戀，當時英國社會風氣相當開放，領正牌照打開門做生意的同志消費場所五步一樓十步一閣，不但王爾德式下地獄已經絕跡，也毋庸像祖俄頓們偷偷摸摸夜訪公廁尋求刺激，奇怪他倒有一種難以解釋的矜持，遲遲不肯正式出櫃。很記得那些年最火的跳舞夜店叫「天堂」，位於查寧十字路火車站附近，不遠處的聚腳點則叫「天堂半站中途」，應運而生的幽默感不知算英式抑或基式。

　　近年陳先生成為公私兩忙的空中飛人，為輝煌事業和偉大愛情頻撲歐亞，雖然其中某些驛站恰好是我偶爾遊玩的地點，擦肩而過時候居多，最近兩次去倫敦竟都遇上，難怪摩里西舊歌不請自來。臨走的一天相約去詩人郊區的新家，四十幾分鐘火車路程，簡直是另一個國度，在詩人廚房匆匆吃了午餐，到鄰近市鎮參觀威廉莫利士（William Morris）故居。莫利士設計的著名牆紙很

大部份以植物砌成圖案，不知是否從屋旁的花園就地取材，不過英國人都和杜麗娘那樣「一生愛好是天然」，由特種玫瑰到熱帶森林來者不拒，毋庸實物提醒血液也能流出花花草草。花園一角設有露天小茶座，歇腳喝杯大吉嶺再好也沒有，可惜遊畢樓上樓下開始下雨了，只得作罷。

　　一星期後巴黎的星期六也下雨。撐着傘穿過盧森堡公園，忽然想起二十幾歲初次歐遊，在漢堡那場溫度濕度相若的夏雨，遊興索然，坐在公共圖書館聽了一下午的賴納柯翰——貪婪地馬不停蹄兩個月，本來就累。有一站忘了是德國或者瑞士某小城，住在荒郊風景優美的青年旅舍，半夜傳來幽幽流水聲，分不清是瀑布還是雨。事隔四十年，覺得沒有甚麼比姚蘇蓉一首歌更能準確形容掉進耳朵的聲音，真如張愛玲意亂情迷時說的，「很低很低，低到塵埃裏」：

　　　　唏噠噠，我的心裏亂如麻
　　　　花啦啦，好像窗外雨兒下
　　　　呼嚕嚕，又好像風兒吹窗紗
　　　　沙啦啦，原來為了想念他
　　　　啊，愛情像霧又像花
　　　　啊，霧非霧呀花非花

夜半歌聲

　　搭的是尾班車。從月台走上地面，必須轉兩三次扶手電梯，走到第二層已經留意十步八步前有個女子一路喃喃發出聲響，初時以為她講無線電話，出了站街上空蕩蕩，聲音越發大了，原來在唱歌。戴着耳機，當然是隨着播出的音樂唱，不過除了她沒有人聽到。抑揚頓挫有板有眼，是首從未聽過的日本歌，在凌晨一點的上環，想起許久許久以前，一個百無聊賴的晚上，沉醉在日本風的閩南歌《港都夜雨》。缺乏方言天才的關係，歌詞一直弄不清楚，後來聽到蔡琴的《心上沒有人》，直覺是同一種情懷：

　　　　心上沒有人
　　　　夜晚一盞燈
　　　　寂寞不必等
　　　　自己輕輕來敲我的門

　　藏在夜半歌聲的，其實是同一個冷冷清清的夢，歌者統統像流落在杜哈絲《印度之歌》(*India Song*)的異鄉

人，身無長物心有戚戚，替又濕又熱的空氣添上鄉愁。歌者的臉孔有沒有在電影出現不重要，她的作用等於更漏，依附在歲月邊皮，鬼影子一樣軀之不散。小時候新加坡還有流動的修補工匠，似乎是個乾瘦的男人，他沿門招徠生意的吟唱現在仍然貼在我耳膜，「整鉸刀啊，磨鉸剪」，非常單調的，一遍又一遍，把童年的下午定格在炎熱裏。

《印度之歌》第一次在加州柏克萊大學看，同年夏季歐遊，在巴黎遇上所謂續篇《她的威尼斯名字在加爾各答沙漠》（*Son nom de Venise dans Calcutta désert*），同一條聲帶配上破舊大宅畫面，沒有演員帶路，半桶水法語完全分不出東南西北。拍攝場地是凡爾賽宮外一間荒廢的老酒店，後來翻新營業，我去吃過一次午餐。本來嫌太昂貴，那天日蝕，不知道甚麼左道旁門消息說是世界末日，寧可信其有不可信其無，才把心一橫豪它一豪。飯後在御花園漫步「避難」，日月無光的一刻果然鳥獸皆寂，約莫隔了五分鐘，樹林裏的羽毛朋友重新開始聒噪，說不上來是放下心頭大石，抑或感到微微失望。

上個月去科西卡島拿破崙誕生地阿雅克肖，市內景點半天就看完了，餘下幾天打算去海邊游泳曬太陽。先到旅遊局問清楚巴士站位置，查了時間表，依時依候在路邊守候，誰不知司機擅自跳過一班車，等了差不多一小時才姍姍來遲。第二天為免重蹈覆轍，打算搭早

一班，可是過了十分鐘車蹤仍然杳然，一氣之下決定放棄，徒步前往距離較近的沙灘。途中經過「外國人區」，有座殘敗的豪宅漂亮極了，根據屋外資料簡介，叫斯諾士宮，原主人是富有的蘇格蘭女子金寶小姐，十九世紀末移居地中海，一八八三年買地蓋樓，建築材料全部由英國運至。由一八九零年到第二次世界大戰期間，此乃阿雅克肖頂級旅館之一，破落後一九九零政府立為受保護歷史古蹟，現為私人住宅。

　　大門半掩，也沒有門房看更，罔顧擅闖私家重地的罪名，偷偷竄進去。長年失修，既髒且舊，像八十年代北京見過的大雜院，大概聚居了不知多少伙低收入家庭，某處隱隱傳來幼兒啼哭聲，教人想起「飢餓」一類原始的不愉快字眼。走廊竟還有昔日的風雅痕跡，窗外的光鋪在牆上地上，彷彿為褪色的故事保守秘密，不說不說不說。淪落在杜哈絲文字裏的殖民地遊魂，偏偏找不到這片避風塘，他們的探戈他們的狐步，還有夜半幽怨的《J'attendrai》，合該可以再活一次，誰比誰更遺憾，實在沒有人能夠判斷。

無三不成幾

如此強勁的雨勢，真是久違了，連「傾盆」也不足以形容，必須動用「地裂山崩」才算傳神。而且連續下了三天，有那麼一刻，撐着傘站在中環一幢大廈的牆角暫避，只覺得天上嘩啦啦的水永遠不會停止，從今以後，每天都要在百份百潮濕中度過，活進了科幻小說改編的荷里活電影。

不由得想念家中那兩件日本買的斗篷雨衣。是個專攻年輕人市場的牌子，兩年前臨起程朋友D傳來圖片，委託我逛街時替他留意，典型處女座的指示非常清晰，要淨色的，要前排扣鈕的，講明寧為玉碎不為瓦全。結果遍尋不獲，反而見到圖案斗篷漂亮極了，忍不住買了一件給自己，隔一年又多買一件淺土啡色的。便利單車騎士的設計，前幅特長，披上身在微雨中穿街過巷自覺飄飄欲仙，站在櫥窗前欣賞倒影，十足六十年代瓊瑤筆下所謂的「臭美」。不過也大概只有巴黎的春末夏初才

能穿，香港盛夏二十幾三十度的氣溫，塑膠面料對用家完全不友善。

三月去歷史博物館看玩具展的一天也下雨，白帆布鞋沾了泥變得花斑斑，事後懶得清理，厚着臉皮笑稱有Jackson Pollock滴滴畫風味。那批美國抽象表現藝術家，向來不特別喜歡，但因為耳濡目染，竟產生盲婚啞嫁式感情——畢竟是初到加州時接觸的，有種「識於微時」況味，淡淡的溫甜在所難免，心底保留酥軟的地段。月前倫敦皇家學院有個回顧大展，拖了兩天，終於決定不看，多少有點近鄉情怯；歷史翻過的一頁，狹路相逢無可奈何，刻意一頭栽進去倒不必客氣。

可是這次忽然聽聞白方盒畫廊辦小型Wayne Thiebaud展覽，卻連忙趕了去。和波拉克他們約莫同時，畫風南轅北轍——正確的說法是東岸西岸，內戰沒有打得成，一樣水火不容狗咬狗骨。他的顏色總是那麼鮮明，畫的且是蛋糕和糖菓和雪糕，無憂無慮像兒童樂園，裝飾性太濃，評價自然較低。因緣際會擠了進普普殿堂，鋒頭又遠不如安迪華荷，人家不但早登仙界而且徒子徒孫前呼後擁，他仍然孤家寡人在塵世兜圈子。也畫半抽象的風景，名氣亦不如同屬加利福尼亞派的Richard Diebenkorn，A就完全不賣他賬，稱之為明信片畫家。

再說下去，即刻要拉扯Georgia O'Keeffe上場了，她

也是被打成明信片一族的，可巧大半年前泰特現代美術館也轟轟烈烈辦過大展。這樣漫無目的兜進畫壇，原本打算寫的雨中蹓躂恐怕只好名副其實泡湯，拋離筆記本上草草塗下的幾行字，棄初衷若敝屣，雖然這真幸福，順着筆不着邊際走到那裏是那裏，正如暴雨中堅持去灣仔克街吃一碗白粥一隻鹹肉粽，任性而快樂。

其實也沒有甚麼，只不過路經青文書店舊址，加上前一晚在大會堂看川劇遇到久違的徐先生，不由得想起那幾年啼笑皆非的短暫文藝生涯。來往較密的是任職《號外》的陳先生，有一天去新光戲院看戲前，應邀上他們位於渣華道的辦公室，他還帶我拜候對門《清秀雜誌》主編蔣芸女士，一轉眼已經幾十年——沒騙你，無三不成幾。有一件事迄今耿耿於懷：博覽群書的陳先生，覺得來自加州的假洋鬼子很需要進補，專誠到大學圖書館借了一套當時坊間找不到的《品花寶鑑》，陸羽飲茶時傳來傳去翻閱，嘻嘻哈哈笑個前仰後合。三兩下手勢，其中一冊竟然在空氣裏莫名其妙蒸發，變魔術一樣不知所終。

不知道怎樣，在灣仔街頭淋成狼狽的落湯雞，偏偏浮起這一段。沒有因，沒有果——我相信現在。

説再見的時候

　　這樣的專欄，是可以源源不斷寫下去的，珍貴的版面既然一個屁股霸佔了，彷彿獲得天長地久專利，賴着自說自話，樂在其中不知人間何世。然而雖然每星期一千幾百字，學藝不精的緣故，再潦草到底也要坐下來才能寫，卡在時差裏尤其感到無所適從，逼進窮巷唯有以圖片搪塞，一次兩次，越來越密。心思敏捷的旁觀者，腦海當然會浮起「騙稿費」三個字，把戲馬上被拆穿，實在非常不好意思。拖拖拉拉不是辦法，說再見的時候到了，能夠好好說再見，也是幾生修來的福份。

　　損失最大的不會不是我自己，甚至只有我自己。以文字重組走過的大街小巷，對疏懶的人來講不啻費時失事，沒有既定的框框答應了補填，根本不會耐心梳理，常常寫着寫着，聽到以為不存在的昔日迴音，或者與迷失在記憶的甲乙丙丁打照面，簡直要感激魔術師的恩賜。譬如昨天到銅鑼灣看相熟的牙醫，不但記得二十年前黎小姐給我電話號碼時，囑咐必須講出「《號外》

大Ｖ介紹」的暗號，也想起小時候被媽媽押着去牙科診所，會先去瑞記吃海南雞飯，就像一種神秘的祭奠儀式。誰是那個四通八達的大Ｖ？瑞記位於小坡的老鋪還在嗎？如果沒有專欄的存在，這些問題問都不會問。

當然也想起在三藩市和Ａ結伴看牙醫的舊事。關於牙仙和睡仙的西洋童話，也是那時聽他說的，沉溺在戀愛中的人真貪婪，巴不得能夠快步闖進對方的童年，陪着他玩泥沙。牙醫姓甚麼忘了，單記得名字叫丹尼斯——朱同志光顧同一牙醫，多年後講起，打哈哈批評他「陰聲細氣」，可是因為永遠戴着口罩，大家對他的相貌印象全無。我是直到遇上神乎其技的李醫生，才終於消除對牙醫的恐懼，躺在椅子裏只感到抱歉，連吱吱作響的噪音也漸漸處之泰然，幻想介於藝術家和手工藝人之間的他在稻米上雕花。

翻翻筆記，沒有甚麼是非寫不可的，風裏吹散了也就散了。稍牽掛的是那次提起爺爺，剛巧見到有人在網絡玩金庸遊戲，最喜歡哪個人物之類，我忽然憶起報上追讀《天龍八部》的情景。對連載的一切，興趣從來不高，歷年人氣英劇美劇日劇韓劇眾口交響，柳下惠也不為所動，六十年代日報盛極一時的武俠小說，僅止追過這一套。段譽在山洞赤裸裸練功的一幕，實在十分撩撥發育中的想像力，直到近年偶爾參與同志浴室的裸夜狂

歡，我總不期然錯覺四周的光豬都精曉凌波微步，嘴角泛起微笑。

家裏訂《南洋商報》，厚厚一疊，早起的爺爺有拆開來閱讀的習慣，待我起床整份報紙已經七零八落，刊登小說的一版「商餘」往往不知所終。那麼不快樂，那麼快樂，都過去了。

鳴　謝

月如惠小姐

陳寧小姐

甘國亮先生

樹下紅姑小姐